Uległa Studentka i inne historie

Erika Sanders
Seria
Dominacja i erotyczna uległość

Streszczenie

Książka ta składa się z następujących historii:
Uległa Studentka
Bardzo wyrozumiały lekarz
W biurze

Uległa Studentka to powieść o silnych treściach erotycznych BDSM i z kolei nowa powieść należąca do kolekcji Erotic Domination and Submission, serii powieści o dużej zawartości romantycznej i erotycznej BDSM.

(Wszystkie postacie mają ukończone 18 lat)

Notatka pisarka:

Erika Sanders to znana na całym świecie pisarka, tłumaczona na ponad dwadzieścia języków, która swoje najbardziej erotyczne, odbiegające od zwykłej prozy pisarstwo, podpisuje panieńskim nazwiskiem.

Indeks:

ULEGŁA STUDENTKA I INNE HISTORIE
ERIKA SANDERS

ULEGŁA STUDENTKA

CZĘŚĆ PIERWSZA
LIST Z REKOMENDACJAMI

ROZDZIAŁ I

Cynthia siedziała przed gabinetem profesora.

Zbliżały się egzaminy końcowe, a to oznaczało, że profesor będzie zajęty spotkaniami ze studentami.

Czekał co najmniej dwadzieścia minut, podczas gdy drzwi nauczyciela pozostały zamknięte.

Trochę się denerwowałem, czekając na tego nauczyciela, który jest zazwyczaj surowy.

Kiedy drzwi się otworzyły, zobaczył nauczyciela rozmawiającego z innym uczniem, który przygotowywał się do wyjścia.

Cynthia wstała, gdy druga studentka wyszła, a profesor zwrócił na nią swoją uwagę.

Był wysokim, dobrze ubranym mężczyzną, żonatym i miał około pięćdziesiątki.

„Cynthia, miło cię widzieć" – powiedział. – Masz randkę?

„Nie. Przykro mi, profesorze. To sprawa złożona w ostatniej chwili".

„Jestem pewien, że znasz moje zasady dotyczące spotkań. Mam nadzieję, że najpierw umówię się na spotkanie, w przeciwnym razie przed moimi drzwiami zawsze ustawiałaby się długa kolejka".

Wzięła głęboki oddech, próbując zdobyć zaufanie.

„Zdaję sobie z tego sprawę. Ale teraz nie ma tu nikogo. Jestem pewien, że możesz zrobić dla mnie wyjątek".

„Dobrze. Tylko dlatego, że jesteś pracowitym studentem. Wejdź".

Pokazał dziwny uśmiech i dał jej znak, aby weszła do jego biura, po czym zamknął drzwi.

Profesor siedział za biurkiem, a Cynthia przed nim.

"Jak mogę ci pomóc?" Zapytał, siadając wygodniej na swoim miejscu.

„No cóż, ostatnio dużo myślałem i zdecydowałem się aplikować na studia prawnicze na przyszły rok. Zdałem już kurs wstępny i udało mi się uzyskać wysoki wynik. Moja średnia też jest powyżej B+".

Pokiwał głową.

„Interesujący wybór. Myślę, że bardzo dobrze sobie poradzisz na studiach prawniczych. Nie jest to łatwe, ale z pewnością masz osobowość i mózg, aby to zrobić".

– Dziękuję – uśmiechnął się.

– Przypuszczam, że chcesz ode mnie list polecający?

„Dlatego tu jestem. Jesteś pierwszym nauczycielem, jakiego kiedykolwiek poprosiłem i naprawdę mam nadzieję, że zrobisz to dla mnie".

„Więc jestem twoim pierwszym wyborem? Dlaczego? Jestem ciekawy."

Cynthia poczuła się trochę onieśmielona.

„No cóż, ma świetną reputację na tej uczelni. Jest także kierownikiem wydziału, co myślę, że będzie dobrze wyglądać w mojej aplikacji".

„Mam też powiązania z najlepszymi szkołami prawniczymi. Wiedziałeś o tym?"

Nieśmiało skinęła głową.

– Wiedziałem. To znaczy słyszałem to od innych uczniów. Ale nie byłem pewien, czy to prawda, czy nie.

„Mam bliskich przyjaciół, którzy zasiadają w komisjach rekrutacyjnych na najlepszych uczelniach prawniczych. Dlatego moje listy polecające są bardzo pomocne".

– Czy zechciałby pan napisać do mnie list? – zapytała nieśmiałym tonem.

– Nie mogę – odpowiedział bez ogródek. – Niestety, spóźniłeś się.

„Dlaczego? Termin składania podań na studia prawnicze upływa na początku przyszłego roku".

„To prawda. Ale na koniec każdego semestru piszę tylko dwa listy polecające. To moja osobista polityka. W przeciwnym razie musiałbym pisać listy do wszystkich. Wtedy moje rekomendacje byłyby bezużyteczne, bo każdy mój student mógłby Weź taki. Czy ma to dla ciebie sens, Cynthia?

"Ma to."

„Gdybyś przyszedł wcześniej, zrobiłbym to za ciebie. Jesteś jednym z najzdolniejszych studentów, jakich miałem w ostatnich latach. A to wiele dla ciebie znaczy, ponieważ ten uniwersytet jest pełen utalentowanych studentów". "

„Jeśli uważasz, że jestem jednym z twoich najlepszych uczniów, dlaczego nie możesz zrobić dla mnie wyjątku?" – błagała.

„Mówiłem ci. Moją zasadą są dwie rekomendacje w semestrze. Zawsze przestrzegam swoich zasad. Przez wszystkie lata nauczania nigdy nie zrobiłem wyjątku. Nigdy".

Na chwilę opuściła głowę, zanim odzyskała spokój.

„Rozumiem" – odpowiedziała, przygotowując się do wyjścia. – Dziękuję za poświęcony czas, profesorze.

– Poczekaj – powiedział, zatrzymując ją. – Wiesz, że w tym roku odchodzę na emeryturę, prawda?

„Tak, słyszałem".

– To będą moje ostatnie zajęcia w tym semestrze. Mógłbym napisać do ciebie list polecający na początku przyszłego roku, a ty mogłabyś przed upływem terminu aplikować do szkoły prawniczej. Byłoby to w ramach moich zasad.

Cynthia uśmiechnęła się.

„Brzmi wspaniale. Dziękuję bardzo, profesorze. To naprawdę wiele dla mnie znaczy".

„Nie mówię, że to zrobię. Mówię, że mógłbym".

– Och, więc co mam zrobić?

„Najpierw powiedz mi, dlaczego chcesz iść do szkoły prawniczej. Jaki jest twój ostateczny cel?"

Przez chwilę myślał o ułożeniu dobrej odpowiedzi.

„No cóż, zawsze marzyłam o karierze, w której mogłabym być wielką orędowniczką kobiet. Już prawie kończę studia na kierunku Women and Gender Studies. Myślałam o zostaniu dziennikarką, gdzie mogłabym pisać reportaże na różne tematy. Ale moi rodzice zawsze mi mówili: „Zachęcali mnie, abym spróbował prawa. Myślałem o tym przez cały semestr, ponieważ jestem blisko ukończenia studiów. Po wielu przemyśleniach zdecydowałem, że studiowanie prawa jest dla mnie".

Pokiwał głową.

– Z pewnością dużo nad tym myślałeś.

– Tak, proszę pana, mam.

„A co z twoimi dotychczasowymi osiągnięciami w nauce? Czy jest coś, co powinienem wiedzieć?"

Znów pomyślała.

„No cóż, na niektórych zajęciach napisałem kilka esejów, które skupiają się na prawach kobiet, kobietach kolorowych i różnych kwestiach społecznych w tym kraju i na całym świecie. Ze wszystkich dostałem piątkę".

„To nic dziwnego. Wydaje mi się, że jesteś bardzo inteligentną dziewczyną. To mi się w tobie podoba".

– Dziękuję – zarumieniła się.

„Prześlij mi e-mailem wszystkie eseje, o których wspomniałeś. Chciałbym je przejrzeć przed podjęciem decyzji".

"Oczywiście."

„Naprawdę cię lubię, Cynthio" – powiedział. „Myślę, że jesteś niezwykle utalentowana. Kobiety takie jak Ty są przyszłością tego kraju. Jeśli przekonasz mnie, że naprawdę zależy Ci na zmianie sytuacji, osobiście skontaktuję się z moimi przyjaciółmi z najlepszych szkół prawniczych i sprawię, że wszystko będzie możliwe cię przyjąć. Jak to wszystko dla ciebie brzmi?"

„To brzmi wspaniale, profesorze" – powiedziała z promiennym uśmiechem. „Jestem pewien, że będziesz pod wrażeniem tego, co mam do zaoferowania".

– Nie mam co do tego wątpliwości. A teraz, jeśli mi wybaczysz, za jakieś pięć minut mam umówione spotkanie.

– Och, oczywiście. Dziękuję bardzo.

Cynthia wstała i delikatnie uścisnęła dłoń profesora, który siedział za biurkiem.

Wychodząc z biura, starał się jak mógł, powstrzymać podekscytowanie.

ROZDZIAŁ II

Kiedy Cynthia wróciła do swojego małego mieszkania, poszła prosto do pokoju współlokatorki i zobaczyła, że drzwi są szeroko otwarte.

Teresa leżała w łóżku i przeglądała najnowsze strony plotkarskie na laptopie.

– Zobaczymy, czy uda Ci się to odgadnąć? – zapytała retorycznie Cynthia. „Właściwie powiem ci wprost. Zgodził się napisać dla mnie list polecający. Uwierzysz w to?"

Cynthia weszła do pokoju i usiadła na łóżku swojej współlokatorki.

„To wspaniale! Jak to jest być z nim sam na sam? Czy było niezręcznie? Ten facet jest twardy jak dupa".

„To było zdecydowanie onieśmielające, mogę ci to powiedzieć".

– I zgodził się napisać do ciebie list? – zapytała Teresa. „Słyszałem wiele historii o mądrych studentach odrzucanych przez takich idiotów jak on".

„Myślę, że przyłapałam go w dobrym nastroju" – Cynthia wzruszyła ramionami. „Ale to będzie trudny proces. Chce ze mną jeszcze trochę porozmawiać i wtedy w przyszłym roku napisze do mnie list".

„W przyszłym roku? Czytałem, że jeśli wcześniej złożysz podanie na studia prawnicze, będziesz miał niewielką przewagę przy przyjęciu".

Cynthia uśmiechnęła się.

– Wiem. Ale ma powiązania z kilkoma najlepszymi szkołami prawniczymi. Powiedział też, że byłby skłonny skontaktować się z nim osobiście w moim imieniu, jeśli uda mi się go przekonać, że jestem tego wart.

„Och, wow! To niesamowite."

Teresa pochyliła się do przodu i mocno uściskała przyjaciółkę. "Dziękuję."

„Jak dokładnie masz zamiar go przekonać? Tego faceta nie jest łatwo zadowolić".

Cynthia wzruszyła ramionami.

„Myślę, że muszę mu pokazać kilka starych esejów, które napisałem. Wyraził się trochę niejasno w tej sprawie. Ale jestem tego wszystkiego pewien. Myślę, że naprawdę mnie lubi. Powiedział wiele miłych rzeczy ."

„Cóż, jeśli ktoś zasługuje na skorzystanie z ich powiązań, to jesteś to ty".

„Dziękuję. Trzymam kciuki. Mam tylko nadzieję, że nie zmieni zdania".

„Gdybym zmieniła zdanie, byłby to największy kutas na świecie" – odpowiedziała Teresa. – Nigdy nie wiadomo. Ale w żaden sposób nie zmienisz zdania.

Cynthia uśmiechnęła się.

„Masz rację. Ale nadal muszę mu zaimponować. Zrobię wszystko, co będzie konieczne. Zaufaj mi".

"Myślę, że tak."

ROZDZIAŁ III

Był już późny wieczór, kiedy Cynthia skończyła już przeglądać swoje stare akta.

Uporządkowała wszystkie najwyżej oceniane eseje, które napisała.

Następnie załączył je do pliku.

Dokończył także swoją pracę końcową na zajęciach profesora.

Kilka razy przeczytała ostatni artykuł, aby upewnić się, że jest doskonały.

To była jej szansa, by zaimponować mężczyźnie, który potencjalnie dzierżył klucze do jej przyszłości.

Załączył wszystko w mailu i napisał wiadomość do profesora:

"Cześć nauczycielu,

Mam nadzieję, że radzi sobie dobrze. Dziękuję bardzo za dzisiejsze spotkanie ze mną. Wiem, że jesteś niezwykle zajętą osobą. Załączam wszystkie eseje, które chciałem zobaczyć. Ze wszystkich mam piątki.

Załączam także mój końcowy projekt dla jego zajęć, który ukończyłem wcześniej. Mam nadzieję, że wszystko będzie zadowalające. Proszę dać mi znać, jeśli będziesz potrzebował czegoś jeszcze ode mnie lub jeśli chciałbyś się ponownie spotkać, aby omówić wszelkie kwestie związane z listem polecającym. Naprawdę to wszystko doceniam.

Wszystkiego najlepszego,

„Cyntia"

Wysłał e-mail, a ona odetchnęła z ulgą.

Od kilku godzin siedziała przed komputerem, niewiele odpoczywając, aby jak najszybciej przesłać profesorowi dokumenty.

Gdy do kolacji pozostało trochę czasu, Cynthia sprawdziła aktualizacje na Facebooku, aby zobaczyć, co nowego pojawiło się w jej kręgu znajomych.

Nadeszła przychodząca wiadomość e-mail.

To była odpowiedź nauczyciela:

„Do zobaczenia w moim biurze. W poniedziałek o dziewiątej rano.

Cynthia była nieco zakłopotana tajemniczą i krótką odpowiedzią na e-mail profesora.

Zastanawiała się, czy w ogóle zadał sobie trud przejrzenia któregokolwiek z załączonych dokumentów, ze względu na to, jak szybko odpowiedział i czy przez ostatnie kilka godzin tak ciężko pracował za darmo.

W tym czasie otrzymał kolejnego maila.

To była kolejna odpowiedź nauczyciela:

„Omówimy warunki listu polecającego”.

To była wiadomość, której pragnęła.

Uśmiechnęła się do siebie, wiedząc, że kontakty profesora z czołowymi szkołami prawniczymi są w zasięgu ręki.

Lata ciężkiej pracy w końcu przyniosły efekt.

Jedyne, co musiał zrobić, to zrobić wszystko, czego chciał nauczyciel.

CZĘŚĆ DRUGA
STUDENT ZDECYDOWAŁ

ROZDZIAŁ I

Poniedziałek.

Wcześnie rano.

Cynthia czekała przed gabinetem profesora w półformalnym garniturze.

Chciała wyglądać na wyrafinowaną w oczach nauczyciela.

Chciała udowodnić, że jest tego warta.

Przybył dokładnie o dziewiątej rano.

Trzymał małą, zwykłą papierową torbę i ledwo zerknął na Cynthię, gdy wstała, żeby go przywitać.

Uścisnęli sobie dłonie, po czym otworzył drzwi biura i wpuścił ją do środka.

Potem zamknął drzwi.

Sytuacja była nieco niezręczna, gdy profesor przygotowywał biurko i włączał komputer, najwyraźniej ignorując studenta stojącego przed nim w sali.

„Mam nadzieję, że miałeś dobry weekend" – powiedziała, przełamując napięcie.

Profesor siedział za biurkiem, a Cynthia przed nim.

„Miałem wspaniały weekend" – odpowiedział. „Większość tego czasu spędziłem na sortowaniu papierów. Ale miałem też czas na inne zajęcia. A ty?"

„Głównie praca w szkole. Ciężko się uczyłem do egzaminów i pisałem prace na inne zajęcia".

Pokiwał głową.

"Tak jak powinno być."

– Skoro już o tym mowa, czy przeczytałeś dokumenty, które ci wysłałem?

– Nie, nie mam – odpowiedział bez ogródek.

„Och, myślałem, że ich potrzebuję..."

– Nie będę na nie patrzeć, Cynthio. Nie jestem zainteresowany czytaniem twoich esejów na innych zajęciach. Nie mam na to czasu.

„Czy to oznacza, że dasz mi rekomendacje bez konieczności ich czytania?" – zapytała ostrożnie.

"Nie odpowiedział. – Jeszcze musisz na to zasłużyć.

– Co w takim razie mam zrobić?

Spojrzał na nią ostrym wzrokiem.

– Czy jesteś osobą dyskretną, Cynthio?

"Co to znaczy?"

– Czy potrafisz zachować tajemnicę?

„Zawsze byłem osobą godną zaufania. Dlaczego?"

„Jestem tobą bardzo zainteresowany" – powiedział. „Jestem tobą zaintrygowany. Ale musisz mi obiecać, że wszystko, o czym rozmawiamy, pozostanie poufne. Czy możesz to zrobić? Jeśli wszystko się ułoży, obiecuję, że zrobię wszystko, co w mojej mocy, abyś dostała się do dowolnej szkoły chcesz. I zawsze dotrzymuję obietnic.

Cynthia wzięła głęboki oddech i starała się zachować spokój.

Nie była pewna, dokąd zmierza ta rozmowa, ale podobał jej się jej wynik.

Chciała jego pomocy.

„Obiecuję. Wszystko, co omówimy, pozostanie tajemnicą".

Powoli skinął głową.

"Ciesze się że to słysze."

„Czy mogę zapytać, o co tu chodzi? Nadal nie rozumiem, czego ode mnie chcesz".

– Brałeś udział w trzech moich kursach, prawda?

– Tak właśnie jest.

„Zawsze mnie intrygowałeś" – powiedział. „Od dnia, w którym się poznaliśmy, uważam Cię za interesującą osobę. Zawsze lubiłem czytać Twoje eseje. Szczerze mówiąc, czasami nadal je czytam. Twoje przemyślenia na temat praw kobiet i wolności seksualnych kobiet są dość głębokie."

„Dzięki mojemu Panu".

– Mam dla ciebie zadanie – powiedział. „To zupełnie nie wchodzi w grę. Nikt się nigdy nie dowie. Oczywiście jest to opcjonalne. Ale jeśli to zrobisz, automatycznie wystawię ci piątkę z moich zajęć i pomogę ci dostać się do najwyższej klasy szkoły prawniczej".

Cynthia z wahaniem pokiwała głową.

"Dobrze."

„To zadanie do przeczytania. Chcę, żebyś przeczytał materiał, który ci przydzielę. A jutro chcę, żebyś znów tu był o dziewiątej rano, gotowy, żeby to przedyskutować".

Profesor wziął brązową papierową torbę i położył ją na biurku przed Cynthią.

„O czym jest zadanie do przeczytania?" – zapytała zakłopotana.

„Wszystko w tej torbie jest dla ciebie. Potraktuj to jako prezent. Nie otwieraj jej do późna w nocy. Chcę, żebyś przeczytał zaznaczoną historię przed pójściem spać. Chcę twojej wiedzy ze względu na twoje ciekawe spojrzenie na rzeczywistość problemy kobiet. Czy możesz to dla mnie zrobić?"

"Móc."

– Dobrze – skinął głową. – A teraz wybacz, ale mam pracowity dzień. Jestem pewien, że ty też dzisiaj jesteś zajęty .

"Dziękuję profesorze."

Cynthia wstała i uścisnęła dłoń profesora.

Następnie wziął brązową torbę i opuścił biuro.

Nie zawracał sobie głowy zaglądaniem do torby.

Za bardzo bałam się spojrzeć.

ROZDZIAŁ II

Tej nocy Cynthia leżała w łóżku przy wciąż włączonym świetle.

Właśnie zakończył rygorystyczną wieczorną naukę.

Bolały go oczy.

I była wyczerpana psychicznie.

Spojrzał na stolik obok łóżka i zobaczył brązową torbę.

Prawie o tym zapomniał.

Zatem noc jeszcze się nie skończyła.

Usiadł na łóżku i wziął torbę.

Kiedy Cynthia otworzyła torbę, była zszokowana tym, co zobaczyła.

Był tam średniej wielkości różowy wibrator, który miał kształt męskiego penisa.

Podniósł go i spojrzał na niego, zastanawiając się, czy to nie pomyłka.

Może nauczyciel dał mi złą torbę?

Dlaczego on to ma?

Doszedł jednak do wniosku, że nie było pomyłki.

Profesor był zbyt precyzyjny i inteligentny, żeby popełniać tego typu błędy, pomyślał.

Położyła wibrator na łóżku i sięgnęła do dna torby.

Jedyną rzeczą, która tam była, była również bardzo duża książka.

Był stary i zużyty.

Spojrzała na okładkę.

Była to kompilacja kilku historii BDSM.

Zerknął na indeks i zobaczył, że wszystkie historie dotyczyły seksu.

I to nie byle jaki rodzaj seksu, ale historie o dominacji i uległości.

„To jest molestowanie seksualne!" Myśl.

Cynthia zamknęła książkę i położyła ją na pobliskim stole.

Byłam wściekła, zszokowana i smutna.

Nie wiedziała, jak się czuć.

Wtedy przypomniał sobie komentarz nauczyciela, że czytanie jest opcjonalne.

Uważała, że musi zrobić wszystko, o co ją poprosi.

Ale wtedy też nic by nie dostała.

Po chwili namysłu doszedł do wniosku, że nie doszło do żadnych uszkodzeń.

To była tylko książka.

Wystarczyło przeczytać, co by uzyskał, i omówić to z nauczycielem.

Wtedy skorzystałaby z pomocy nauczyciela.

Sztuczny penis pójdzie później do kosza, tam gdzie powinien.

Wzięła głęboki oddech, wzięła książkę i oparła się na poduszce, żeby wygodniej się ułożyć. W środku książki znajdowała się zakładka. Otworzył ją i znalazł historię, którą przydzielił mu nauczyciel.

Zaczęła czytać.

~~~

Podsumowanie historii:

Erika była niezależną kobietą, artystką i feministyczną działaczką na rzecz praw kobiet.

Prowadził odnoszącą sukcesy galerię sztuki w centrum miasta.

Podchodzi do niego niejaki Robert i oferuje mu sprzedaż niektórych swoich prac.

Pokazuje jej zdjęcia, a ona jest pod wielkim wrażeniem obrazów, które pojawiły się na jego zdjęciach.

Kiedy jednak odwiedza jego małe studio, odkrywa, że większość jego prac jest związana z BDSM i nie widać tego na jego zdjęciach.

Na ścianie wisiały zdjęcia związanych i zaspokojonych kobiet.

Erika grzecznie mówi Robertowi, że nie zgadza się z treścią jego obrazów, a następnie odrzuca jego ofertę zakupu dzieła sztuki.
~~~

Kilka dni później Robert w dalszym ciągu prosi ją o nawiązanie relacji biznesowych.

Wysyła jej e-mailem więcej swoich zdjęć, na których tym razem rzeczywiście widać związane i zakneblowane kobiety.

Następnie pojawiły się zdjęcia kobiet w różnych stanach intensywnego orgazmu.

Erika poczuła się skonfliktowana tymi obrazami.

Uważała, że są sprośne, ale w dobrym guście.

Na pewno w jakiś sposób działały na nią stymulująco.

Była zaintrygowana.

Zgodziła się spotkać z nim ponownie, aby omówić możliwą transakcję.

W swoim małym studiu Robert przekonał ją, że BDSM nie jest takie złe.

Przekonał ją, że to coś pięknego i że kobiety sprawiają wiele przyjemności.

Erika była sceptyczna, ale na prośbę Roberta zgodziła się doświadczyć lekkiej niewoli.

To otworzyło mu drzwi do posiadania Eriki jako swojego nowego fetysza BDSM.

~~~

Po przeczytaniu tej historii Cynthia poczuła się lekko podekscytowana.

W stresie związanym ze zbliżającymi się egzaminami końcowymi seks był ostatnią rzeczą, o której myślałem, ale historia to zmieniła.

Była mokra między nogami.

Zafascynowali mnie bohaterowie.

Zafascynowała ją koncepcja kobiecej postaci w tej historii związanej i wykorzystywanej seksualnie.

Nagle sztuczny penis w brązowej torbie nie wydawał się już takim złym pomysłem...
~~~

ROZDZIAŁ III

Następnego dnia.

Cynthia siedziała przed biurkiem nauczyciela.

On tylko na nią patrzył, nie mówiąc ani słowa.

Upił kolejny łyk kawy.

Im dłużej trwała cisza, tym bardziej niewygodne stawało się jej ponowne spotkanie.

„Chcę wiedzieć, jak się przez to poczułeś" – powiedział, przerywając ciszę. „Chcę wiedzieć, jak pracował twój umysł w każdym szczególe. Czy nie przeszkadza ci to?"

"Ja jestem."

– Czytałeś historię, którą ci przydzieliłem?

Uważam, że to było dobrze napisane.

– Co jeszcze o tym pomyślałeś? spytał. „Co sądzisz o ewolucji głównego bohatera?"

Cynthia zamilkła na chwilę.

„Myślę, że ewolucja głównego bohatera jest wspólna dla wielu osób. Przez lata przeprowadziłam wiele badań na temat seksualności. Ludzie nieustannie odkrywają swoje fetysze przez całe życie. Nie ma absolutnie nic złego w eksploracjach seksualnych. „To część być człowiekiem."

„Czy sądzisz, że ta historia była realistyczna? Czy coś takiego mogłoby przytrafić się gorliwej feministce?"

"Dlaczego nie?" Odpowiedziała . „Bohaterka tej historii jest człowiekiem jak wszyscy inni. Fakt, że jest feministką, prawdopodobnie podsycił tabu bycia uległą wobec dominującego mężczyzny. To, że ktoś jest feministą, nie oznacza, że nie może cieszyć się satysfakcjonującym życiem seksualnym ".

Uśmiechnął się.

„Jesteś bardzo inteligentną dziewczyną. Lubię słuchać twoich spostrzeżeń".

„Czy to oznacza, że zasłużyłem na twoją rekomendację?"

„Jeszcze nie. Chcę wiedzieć, czy użyłeś zabawki, którą ci dałem. Czy użyłeś jej na sobie, kiedy czytałeś tę historię? Czy użyłeś jej później?"

Na jego twarzy pojawiło się oszołomienie.

"Co to znaczy?"

„Czy użyłeś na sobie wibratora?"

„Ja... nie widzę, żeby to była twoja sprawa".

„To, co powiesz, będzie poufne. Pod koniec roku odchodzę na emeryturę, pamiętasz? Za kilka tygodni więcej mnie nie zobaczysz".

Pomyślała przez chwilę.

„Po przeczytaniu tej historii użyłem na sobie wibratora".

"Co myślałeś?"

„O głównym bohaterze na końcu historii. No wiesz, byciu związanym".

„Czy zawsze miałeś fetysz niewoli?" on zapytał.

„Nie sądzę, żeby to było właściwe. Zrobiłem już wszystko, o co prosiłeś".

„Mamy jeszcze dużo czasu" – odpowiedział. „Jesteś wyjątkową dziewczyną. Ciężko pracujesz i jesteś bardzo zdeterminowana. Doceniam te cechy i chcę, żebyś doświadczyła radości życia. Nie próbuję cię oszukać. Powinieneś mi zaufać w tej kwestii".

"Czego odemnie chcesz?"

– Teraz daję ci inne zadanie.

– Czy to będzie ostatni?

„Być może" – odpowiedział. „W tej chwili masz piątkę z mojej klasy. To wszystko. Jeśli mnie posłuchasz, wykorzystam moje kontakty w twoim imieniu".

– Dobrze – skinęła głową.

„Przeczytaj siódmą historię w tej książce. Potem chcę, żebyś się masturbował dildem. Jutro znów się spotkamy. Porozmawiamy o tej historii. I chcę, żebyś mi opowiedziała wszystko o swoim orgazmie. Czy możesz to zrobić? "

"Tak."

„Dobrze. I nie spotkamy się w moim biurze. Jutro rano wyślę ci miejsce spotkania. Rozumiesz?"

– Obiecujesz, że wykorzystasz dla mnie swoje kontakty?

"Obiecuję."

– W takim razie jest to umowa.

CZĘŚĆ TRZECIA
CZĘŚĆ DOLNA CZERWONA

ROZDZIAŁ I

Później tej samej nocy.

Po obiedzie Cynthia i Teresa wspólnie zmywały naczynia.

Razem też gotowali.

Po wysuszeniu i ułożeniu naczyń na wieszaku Teresa odłożyła ręcznik i oparła się o blat.

„To najgorszy ostatni tydzień w moim życiu" – jęknęła Teresa. „Dlaczego musiałem studiować biologię?"

„Ponieważ chcesz robić w życiu dobre rzeczy. Będzie warto".

"Więc uważasz?"

– Mam taką nadzieję – Cynthia wzruszyła ramionami.

– Cóż, to pocieszające.

Cynthia również oparła się o blat kuchenny i spojrzała na swoją najlepszą przyjaciółkę.

„Nie mogę uwierzyć, jak daleko zaszliśmy" – powiedział. „Kiedy byliśmy młodzi, rozmawialiśmy o byciu dorosłym. Teraz spójrz na nas. Czeka nas wielka kariera".

Teresa uśmiechnęła się.

„Jeszcze jeden semestr i nie będziemy już współlokatorami. Chce mi się płakać, gdy o tym pomyślę".

„Poradzimy sobie. Tak będzie najlepiej".

Teresa skinęła głową.

„Masz rację. Przy obecnym stanie rzeczy wybierasz się do najlepszej szkoły prawniczej w kraju".

– Ta umowa nie została jeszcze zawarta.

„Co się w ogóle dzieje z tym gościem? Dlaczego po prostu nie napisze tych cholernych rzeczy i nie zakończy tego jak normalny profesor?"

„Chce po prostu być dokładny, to wszystko" – odpowiedziała Cynthia. „Myślę, że zakończymy kolejną rundą pytań na temat mojej historii akademickiej i moich przyszłych celów. I tym podobne".

„Gdybym nie wiedziała lepiej, powiedziałabym, że ten facet jest zainteresowany posiadaniem czegoś z tobą" – odpowiedziała Teresa kiepską grą słów.

– Co sprawia, że tak mówisz?

– Sposób, w jaki zwraca się do ciebie na zajęciach. Sposób, w jaki na ciebie patrzy. To w pewnym sensie oczywiste, dla mnie w każdym razie.

„W klasie traktuje wszystkich tak samo. Poza tym jest żonaty".

„To dziwne, że ostatnio spędzam z tobą tyle czasu" – zauważyła Teresa. – Czy ty przypadkiem nie jesteś w nim zakochana?

"NIE!" Cynthia odpowiedziała rozbawieniem i przerażeniem. – Jak możesz mówić coś takiego?

Teresa zrobiła śmieszną minę.

„Boże. Tak się tylko zastanawiałem. Jezu. Nie bądź taki defensywny".

– Tak czy inaczej, będę miał później mnóstwo czasu na żarty z tego wszystkiego. Teraz muszę się uczyć. Nie tylko ty masz brutalne egzaminy.

– W takim razie lepiej przejdźmy do książek.

– Tak właśnie jest.

ROZDZIAŁ II

Po zamknięciu drzwi Cynthia leżała wygodnie na łóżku, opierając się o poduszkę.

To była jego ulubiona pozycja do nauki.

Szybko przejrzała książki i notatki z zajęć.

Była już przygotowana i wszystko odbyło się przed planowanym terminem.

Zamknął materiał i na chwilę dał oczom odpocząć.

Zadanie domowe nauczyciela wciąż nie było gotowe.

Przez chwilę zastanawiał się, czy Teresa miała rację, twierdząc, że zaczęła się w nim lekko podkochiwać.

Władza, jaką nad nią miał, była wielkim tabu.

Cynthia odłożyła szkolne rzeczy na bok i sięgnęła po dużą książkę o BDSM. Wrócił do swojej wygodnej pozycji na łóżku i otworzył książkę na siódmym piętrze.

Zaczął czytać.

~~~

Podsumowanie historii:

Samanta była odnoszącą sukcesy kobietą biznesu.

Miała duże biuro w korporacyjnym biurze.

Przyzwyczaił się do wydawania rozkazów silnym mężczyznom.

Firma, w której pracował, została przejęta przez inną spółkę.

Nagle miała nowego szefa, mężczyznę.

Nowy szef Samanty bardzo różnił się od wszystkich, z którymi pracowała w przeszłości.

Nowa szefowa nie dała się zastraszyć jej urodą.

Emanował pewnością siebie, a seksapil Samanty na niego nie działał.
~~~

Od razu dał się poznać jako osoba odpowiedzialna.

Dał się poznać jako ich przełożony.

Pod koniec historii co tydzień odwiedzała go w swoim prywatnym biurze, aby dać mu znać, że jest uległa.

Samanta znalazła się związana i biczowana na własnym biurku.

Wykorzystał otwór, który mu najbardziej odpowiadał.

Czasami pieprzył ją w usta, innym razem pieprzył ją analnie.

To była jego nowa rola w firmie.

~~~

Cynthia zamknęła książkę i rozłożyła ręce i nogi na łóżku.

Pomiędzy udami poczuła mrowienie.

W głębi duszy czuła się winna, że podnieciła ją historia, w której mężczyzna poniżył seksualnie silną kobietę.

Ale i tak była podekscytowana.

Zadanie nauczyciela było jasne: chciał, żeby użyła wibratora.

Sięgnął do szuflady, żeby chwycić zabawkę erotyczną.

Następnie całkowicie zdjął dolną część garderoby.

Położyła się na łóżku z rozłożonymi nogami i zaczęła pieścić palcami swoją cipkę.

Kiedy była wystarczająco podniecona i mokra, włożył do środka zabawkę erotyczną.

Zabawka wchodziła i wychodziła z jej cipki.

Oczy miał zamknięte.

Wyobraziła sobie sprośne myśli o kobiecej bohaterce z książki ruchanej oralnie, gdy jest przywiązana do biurka.

Starała się zachować ciszę podczas masturbacji, aby Teresa jej nie usłyszała.

Jego umysł był zajęty, podobnie jak jego palce prowadzące zabawkę erotyczną.

Wkrótce jego palce u nóg się podwinęły, a plecy lekko wygięły.

Zamknęła usta, żeby nie wydawać głośnych jęków.
~~~

Przyszła.

Potem jego ciało zrelaksowało się i położył się na łóżku z uczuciem szczęścia.

To była bardzo brudna fantazja.

Gdybym tylko odkrył to wcześniej...

ROZDZIAŁ III

Następnego dnia.

Była ósma rano.

Cynthia postępowała zgodnie z instrukcjami, które profesor przesłał jej e-mailem.

Miała na sobie ładny top zapinany na guziki i ołówkową spódnicę typu biurowego.

Zamiast spotykać się w jego biurze, spotkali się przed pustą klasą, którą otworzył swoim kluczem.

Miał przy sobie papierową torbę.

Gdy weszli do klasy, zamknął drzwi na klucz.

– Usiądź – powiedział, włączając światła.

„Jestem dzisiaj trochę zdenerwowana" – powiedziała Cynthia niemal żartobliwie, przechodząc przez pusty pokój.

"Ponieważ?"

„Wszystko, co robiliśmy. Ta klasa".

„Nie denerwuj się" – odpowiedział. – Nie musisz.

"Mam nadzieję, że nie."

Cynthia siedziała w pierwszym rzędzie dużej klasy.

– Dobry wybór – uśmiechnął się. „Grzeczne dziewczyny zawsze siedzą w pierwszym rzędzie. Lubię grzeczne dziewczyny".

"Robiłeś to już kiedyś?"

"Zrobił co?"

„To" – odpowiedziała. „Czy zmuszałeś innych uczniów do wykonywania czynności seksualnych w zamian za list polecający lub dobrą ocenę?"

„Mam prestiżową karierę akademicką, Cynthio. Nie ryzykowałbym swojej reputacji, prosząc o przysługi przypadkowych studentów".

– W takim razie dlaczego mi to robisz?

„Ponieważ jesteś wyjątkowy" – powiedział bez ogródek. „Intrygowałeś mnie, odkąd cię pierwszy raz zobaczyłem. Intrygowałeś mnie za każdym razem, gdy przemawiałeś na zajęciach i za każdym razem, gdy czytałem twoją pracę. Jesteś wyjątkową osobą. I jesteś najpiękniejszą uczennicą, jaką kiedykolwiek miałem".

„Pochlebne słowa, ale skąd wiesz, że nie złożę na ciebie skargi za molestowanie seksualne? Robiłam to już wcześniej z innymi mężczyznami".

Jesteś zbyt zdeterminowany, żeby to teraz zakończyć. Mam coś, czego desperacko pragniesz. Więc powinniśmy zacząć teraz? Im szybciej zaczniemy, tym szybciej skończymy.

Powoli skinęła głową.

"Do przodu."

– Czytałeś tę historię wczoraj wieczorem?

"Ja to zrobiłem."

"Co o tym sądzisz?"

Pomyślała przez chwilę.

„Pomyślałam, że to ekscytujące. Nigdy wcześniej nie czytałam tego rodzaju rzeczy. Zawsze uważałam, że seks powinien być równy między mężczyznami i kobietami. Wszystko powinno być równe. I oczywiście moje skłonności polityczne są po stronie feministycznej. Ale to było bardzo ekscytujące jest to przeczytanie. Bardzo mi się podobało.

„Zakładam, że znowu masturbowałeś się dildem."

"Zrobiłem."

„O czym konkretnie myślałeś, robiąc to?" spytał.

„Postać kobieca jest przywiązana do biurka. Jest wykorzystywana. Tego typu rzeczy. To była najbardziej erotyczna część tej historii".

Profesor wskazał na swoją brązową torbę.

„Myślałem, że spodoba ci się ta scena. Na szczęście przyszedłem przygotowany. I na szczęście jesteśmy w pustej klasie z dużym biurkiem. Czy chciałbyś poeksperymentować z czymś nowym?"

"Nie sądzę, że ..."

„Drzwi są zamknięte, Cynthio. Nikt się nigdy nie dowie. I nigdy nie powiem. Mam za dużo do stracenia. Pod koniec roku odchodzę na emeryturę i nigdy więcej nie będziesz musiała mnie widzieć. Mogę ci także pomóc dzięki stypendiom i innym sposobom zwiększenia przystępności cenowej edukacji. Możemy sobie pomagać."

Przez chwilę walczył emocjonalnie.

„Nie wiem. Nie jestem taką osobą".

„Wykonam całą pracę. Nie musisz nic robić. Nie mam zamiaru penetrować cię ustnie ani dopochwowo. Chcę tylko zbadać sprawę".

„A co jeśli chcę przestać?" zapytała.

– W takim razie przestaniemy.

"DOBRA."

„Wyjdź na przód klasy. Połóż się z brzuchem na stole nauczycielskim".

Cynthia wstała i podeszła do głównego stołu.

Starała się, jak mogła, przybrać odważną twarz.

Była to granica, o której nigdy nie myślała, że przekroczy ją z mężczyzną, a jednak tak się stało.

Była gotowa pozwolić, aby jej ciało było wykorzystywane przez znacznie starszego nauczyciela, a wszystko to w imię dalszej edukacji.

Przysięgała sobie, że nikt się o tym nie dowie.

Oparł brzuch i klatkę piersiową na stole, zwrócony twarzą do pustej klasy.

Zamknęła oczy, niemal w stanie wstydu.

Usłyszała, jak profesor idzie za nią.

Potem poczuła, jak jego dłonie delikatnie przesuwają się po jej biurowej ołówkowej spódnicy, unosząc ją do góry.

– Zrelaksuj się – powiedział. „Będę dla ciebie miły. Ze mną jesteś bezpieczny".

Nauczycielka delikatnie ściągnęła jej majtki i uniosła obie stopy, aby mógł je zdjąć.

W podciągniętej sukience i bez majtek czuła się bezbronna i odsłonięta.

Usłyszał skrzypnięcie otwierającej się papierowej torby.

Kontynuowała zaciskanie oczu.

Za bardzo bałam się spojrzeć.

Potem poczuł, że jego kostki są związane miękką liną.

Nie stawiała oporu i nie sprzeciwiała się.

Stało się to bardzo szybko.

Zanim pomyślała dwa razy, jej kostki były przywiązane do nóg stołu.

Profesor obszedł stół dookoła i powtórzył proces nadgarstkami.

W równie szybkim procesie nadgarstki Cynthii zostały przywiązane do końca stołu.

Była całkowicie unieruchomiona i związana.

„Proszę się zrelaksować" – powiedział. – Tak będzie łatwiej.

Nauczycielka delikatnie klepnęła Cynthię w nagi tyłek.

Był to dla niej szok i zaskoczenie.

To spowodowało, że jego oczy się rozszerzyły.

Nawet gdy była mała, nigdy nie dostała klapsa.

To była nowa sensacja.

Zanim zdążyła emocjonalnie przetworzyć sytuację, przyszło kolejne klapsy.

Potem kolejny.

Delikatne klapsy stawały się coraz mocniejsze.

Klapsy zaczęły odbijać się echem w dużej sali uniwersyteckiej.

"Jak się czujesz?" – zapytał go po ojcowsku. – Czy jesteś w stanie sobie z tym poradzić?

– Trochę piecze.

„To wkrótce się skończy. Im szybciej dojdziesz, tym szybciej skończymy".

Jego oczy pozostały szeroko otwarte.

Jak długo zanim dojdę?

Zamierzał doprowadzić ją do orgazmu, a ona nie stawiała oporu.

Nie broniła się.

Nie powiedziała mu, żeby się spierdalał.

Jej wartości feministyczne ulegały erozji i w głębi duszy podobało jej się to.

Usłyszał dźwięk profesora sięgającego do swojej brązowej torby.

Byłem zdenerwowany i nie wiedziałem, czego się spodziewać.

Kiedy upuścił torbę, odkryła, czego szukała.

Poczuła kolejne uderzenie w jej odsłonięty tyłek.

To nie było z jego ręką.

Teraz miałem małą gumową łopatkę.

Łopata bolała bardziej niż goła dłoń.

Poczułem pieczenie.

Kontynuował ruchanie jej nagiego tyłka.

Zaczęło boleć bardziej.

Jego tyłek przybrał jaskrawy odcień czerwieni.

Zagryzła dolną wargę i starała się nie rozpłakać jak głupia dziewczynka.

Nie chciała wyjść na słabą przed swoim dominującym i silnym nauczycielem.

Ból narastał.

Nauczyciel nadal uderzał mocniej i szybciej.

Chciała płakać.

Nagle się zatrzymał.

Słuchała, jak kładzie wiosło na stole, a potem uklęknął, by delikatnie pieścić jej płonący tyłek.

Potarł go delikatnie.

Dawał jej delikatne pocałunki.

Potem sięgnął w dół i bawił się jej spuchniętą łechtaczką.

– Och... – jęknęła.

Udało jej się uniknąć wydawania dźwięków podczas klapsów, ale nie dzięki bezpośredniej stymulacji spuchniętej łechtaczki.

Profesor masował jej łechtaczkę dwoma palcami szybkim, okrężnym ruchem.

Drugą ręką nadal pieścił jej obolały tyłek.

Kontynuował delikatnie całowanie jej tyłka, jakby go uwielbiał.

Nawet dał mu kilka lizawek.

„Chyba dojdę" – przyznała zawstydzająco.

„Spuść się na mnie, kochanie. Bądź moim małym seksownym kotkiem i przeżyj wspaniały orgazm".

Przycisnął twarz do jej obolałego pośladka i nadal wściekle masował jej łechtaczkę.

Oczy Cynthii cofnęły się.

Jego usta były szeroko otwarte.

Jego ciało napięło się.

Mięśnie jego pleców i nóg napięły się, ale nie mógł się ruszyć, ponieważ jego kończyny były przywiązane do biurka.

Z jego ust wydobywały się ciche jęki.

Wkrótce z jej gorącej cipki wytrysnęła mała rzeka przezroczystych płynów.

Profesor nie zaprzestał ruchów palcami, dopóki wszystko nie zostało wyjaśnione.

Następnie dał jej tyłek kolejnego pocałunku.

Profesor wstał i pocałował Cynthię w policzek.

Kilka razy pocałował ją także we włosy.

Kiedy profesor odwiązał Cynthię, usiadła na podłodze w pozycji embrionalnej.

Jego ciało przypominało galaretę.

Jego siły zniknęły.

Profesor usiadł obok niej na podłodze.

„Jesteś cudowna" – powiedział. „Naprawdę cudownie".

– Czy tego właśnie chciałeś? odpowiedziała głębokim oddechem.

„To było więcej, niż chciałem. Jesteś naprawdę niesamowity".

– Czy to oznacza, że już skończyliśmy? Zapytała, niepewna, czy chce, żeby to się skończyło, czy nie.

„Nie. Jeszcze nie jesteśmy bliscy końca. Na razie masz piątkę z moich zajęć. Ale jeszcze nie zdobyłeś moich kontaktów. Jeśli będziesz kontynuować, zrobię co w mojej mocy, żeby cię zdobyć do wybranej przez ciebie szkoły prawniczej. A ja pomogę ci zdobyć stypendia, które pokryją wszystko.

– To muszę zrobić?

„Teraz chcę, żebyś kontynuował naukę do pozostałych egzaminów. Jesteś uczniem typu A. Powinieneś się tak zachowywać".

"I wtedy?" zapytała. „Co się stanie, gdy przystąpi do egzaminów?"

„Planujesz gdzieś wyjechać? Mieszkasz niedaleko domu rodzinnego? A może mieszkasz w akademiku komunalnym?"

„Dzielę mieszkanie ze współlokatorką. Oboje wracamy do domu po tygodniu egzaminów końcowych. Mamy zaplanowane loty. Dlaczego?"

Profesor przeczesał dłonią włosy.

„Anuluj lot. Przełóż go na kilka dni później."

„Ale moja rodzina? Wkrótce spodziewają się mnie w domu".

„Będę potrzebował tylko kilku dni. Powiedz im, że kończysz ważny dla szkoły projekt. Zrozumieją".

"Co zrobimy?" zapytała.

"Kiedy twoja współlokatorka wyjdzie, chcę odwiedzić twoje mieszkanie. Chcę zobaczyć, jak żyjesz. Chcę spędzić z tobą czas. Chcę, żebyśmy byli razem sami. Ciekawi mnie to na poziomie osobistym. Jako Wspominałam już wcześniej, że jestem Tobą bardzo zainteresowana." . Fascynujesz mnie".

„A co z... seksualnością... Jakie masz wobec mnie plany?"

Uśmiechnął się.

– Rozwiążemy to.

„Nie będziesz się ze mną zadzierać. Mam chłopaka i tutaj wyznaczam granicę".

– Co w takim razie możesz dla mnie zrobić?

Pomyślała przez chwilę.

– Możesz mnie jeszcze raz dać klapsa.

„Będziesz ssał mojego kutasa?”

Niepewnie skinęła głową.

„OK. Ale to by było na tyle”.

Nie zapomnij majtek. Leżą na stole. I nie zapomnij o naszych planach. Obiecuję, że będzie warto.

Powiedziawszy to, profesor wstał, włożył liny i wiosło z powrotem do brązowej torby.

Potem wyszedł, zostawiając ją samą w salonie.

Cynthia nadal siedziała w pozycji embrionalnej, zbierając myśli.

Uczucie orgazmu wciąż przepływało przez jej ciało.

Nadal nie wiedział, czy podobało mu się doświadczenie niewolnictwa, czy może go nienawidziło.

Odpowiedź dała mu jednak mała kałuża płynów, którą po sobie pozostawił.

CZĘŚĆ CZWARTA
PONAD TO, CO ZOSTAŁO UZGODNIONE

Tydzień później.

Cynthia wyjrzała przez okno swojego mieszkania, aby przyjrzeć się widokowi rozciągającemu się na zewnątrz jej domu.

Byłem samotny.

Teresa wyjechała już po zdaniu wszystkich egzaminów końcowych.

Cynthia też powinna była wyjść.

Powinna już być w domu z rodziną.

Zamiast tego czekała na profesora.

Podałem mu już adres.

Czekała w stanie medytacji na jego przyjście.

Miała na sobie śliczną niebieską sukienkę.

Było elegancko i na luzie.

Była boso i nie miała nic pod sukienką.

Wszystko, co zrobił z profesorem, było sprzeczne z jego naturą.

Był przeciwny silnym wartościom, w których został wychowany.

I było to sprzeczne z wartościami, których chciałem bronić jako przyszły prawnik.

Ale nauczyciel zapewnił jej najlepszy orgazm w życiu.

Codziennie myślałem o tym orgazmie.

Każdego wieczoru masturbował się, myśląc o nauczycielu.

Zastanawiał się, co zaplanował.

Zadzwonił dzwonek do drzwi od ulicy i wpuściła profesora do budynku.

Otworzyła drzwi mieszkania i czekała na niego.

Kiedy wysiadł z windy na piętro swojego mieszkania, uśmiechnęła się do niego.

Ubrany był w pół-swobodny strój i niósł brązową papierową torbę.

Przywitali się, a on z ufnością wszedł do swojego mieszkania, jakby tam mieszkał.

Cynthia zamknęła drzwi, a on po zdjęciu butów rozejrzał się po pokoju.

„Piękne miejsce" – powiedział, kontynuując rozglądanie się po pomieszczeniu.

„Dziękuję. Mieszkam tu już prawie cztery lata z moją współlokatorką. Zrobiliśmy wszystko, co w naszej mocy".

– Czy powiedziałeś o tym swojemu współlokatorowi?

„Nie. Na litość boską, nie. Nikomu nie mówiłem. I nigdy tego nie zrobię".

– Powinienem to kontynuować – pokiwał głową. „Wyglądasz wspaniale w tej sukience. Jesteś jak prezent czekający na otwarcie".

– Dziękuję – odpowiedział nerwowo. "Napijesz się czegoś?"

„Wszystko w porządku. Nie masz nic przeciwko, jeśli usiądziemy i porozmawiamy?"

"Oczywiście."

Oboje usiedli na kanapie w salonie.

– Mam dla ciebie prezent – powiedział.

Sięgnął do brązowej torby i podał Cynthii kopertę.

Otworzyła ją i zobaczyła napisany na maszynie list na kartce papieru, na którym widniały oficjalne oznaczenia i tytuły uniwersytetu.

Szybko przerzucił stronę.

Był to entuzjastyczny list polecający od profesora, który stwierdził, że Cynthia jest bez wątpienia najmądrzejszą studentką, jaką kiedykolwiek spotkał.

Wychwalał także jego moralny charakter i etykę pracy.

Pojawiło się nawet długie oświadczenie na temat pasji Cynthii na rzecz praw kobiet.

„Ja... brak mi słów" – udało jej się powiedzieć. „To jest cudowne. Lepsze niż wszystko, co można było dla mnie napisać".

„Prawdopodobnie nie będziesz potrzebował tego listu. Rozmawiałem już ze starym przyjacielem, który pracuje w najwyższej klasy szkole prawniczej. Twoje podanie zostanie poddane specjalnej ocenie".

"Jaka szkoła?"

„Wyższy poziom. Będziesz tam bardzo szczęśliwy. Rozmawiałem też z ludźmi na temat ewentualnych stypendiów. W tych dniach wszystko się wyjaśni".

Położyła ręce na jego piersi.

„Nie masz pojęcia, jak bardzo mnie to cieszy. To znaczy WOW. To więcej, niż mogłem się spodziewać. To naprawdę zmieni moje życie".

„Nigdy nie zrobiłem tak wiele dla ucznia. Robię to tylko dla ciebie".

„Nie wiem, co powiedzieć".

– Nie musisz nic mówić – powiedział surowo. „Jeśli chcesz wyrazić swoją wdzięczność, zdejmij sukienkę".

To był otrzeźwiający moment.

Jego beztroska chwila podniecenia spotkała się z rzeczywistością, w której istniały warunki do spełnienia.

Wzięła głęboki oddech i wstała.

Ich oczy były skupione na sobie.

Jego palce uszczypnęły dół jej niebieskiej sukienki.

Następnie podniosła sukienkę przez głowę, odsłaniając szczupłe nogi, wygoloną cipkę i sterczące małe piersi z różowymi sutkami.

Stała przed nim naga, starając się zachować odważną twarz.

Starała się nie okazywać żadnych oznak zdenerwowania czy podniecenia.

Ale jego lekko drżące palce zdradzały zdenerwowanie.

A jej stwardniałe różowe sutki stały się całkowicie sztywne, pokazując jej podniecenie.

„Idealnie" – powiedział, jego wzrok błądził po jej nagości od stóp do głów. „Jesteś wizją doskonałości".

"Dziękuję."

„Jestem pewien, że zastanawiasz się, co jest w torbie. Wyglądasz na zdenerwowanego. Nie martw się, nie jestem sadystą. Jestem po prostu normalnym człowiekiem z bardzo powszechnymi fantazjami".

Jego oczy nadal wędrowały po każdym centymetrze jej ciała, chłonąc jej piękno.

– Co to za fantazja? – zapytała z autentyczną ciekawością.

Wstał i sięgnął do torby.

Przez chwilę zastanawiał się, czy udzielić ostatecznej odpowiedzi na pytanie Cynthii.

„Uwielbiam inteligentne, niezależne kobiety. Ktoś taki jak ty. Wiele lat temu natknęłam się na literaturę dotyczącą niewolnictwa seksualnego i dziwnie mnie do niej pociągała. Poczułam się z tego powodu bardzo winna, ponieważ zawsze byłam wielką zwolenniczką praw kobiet." kobiety, jak ty. Ale to tylko fantazja seksualna, prawda? Nikomu nie dzieje się krzywda. I każdemu się to podoba. Zgadzasz się?

" Tak ".

„To bardzo powszechna fantazja. Nie ma wstydu czerpać z niej przyjemności. Nie powinno tak być".

Profesor wyciągnął z torby czarny naszyjnik.

Wydawało się to erotyczne, ale i onieśmielające.

Został stworzony specjalnie do celów seksualnych.

"Co to jest?" zapytała.

„To naszyjnik na twoją szyję. Myślę, że będzie dobrze na tobie wyglądać. Jest na nim napisane „dziwka". To zabawna nazwa na nasz wspólny czas".

„Czy robiłeś to z innymi kobietami?"

„Nie. Nigdy nie miałem odwagi. Nigdy nie byłem zbyt odważny."

– Masz teraz moje.

Uśmiechnął się.

„Masz rację. Mam cię. Teraz zrelaksuj się, a założę ci obrożę".

Nauczycielka położyła torbę na kanapie i przeczesała włosy Cynthii.

Owinął naszyjnik wokół szyi i zaczął go zaciskać.

Uważał, żeby nie pozostawić go zbyt ciasnego.

Nie chciałam, żeby był przytłoczony i uduszony.

Chciał tylko sprawić, żeby poczuła się trochę nieswojo i to zrobił.

Kiedy się cofnął, Cynthia była naga, z wyjątkiem naszyjnika z napisem „KURWA" umieszczonego na przodzie jej gardła.

„Spójrz w lustro" – powiedział.

Cynthia podeszła do lustra w salonie, które znajdowało się tuż obok drzwi wejściowych.

Patrzyła na jego nagie ciało.

Spojrzała na obrożę na szyi, która oznaczała ją jako dziwkę.

Było to sprzeczne ze wszystkimi zasadami, których broniła.

Poczuła się zawstydzona.

Ale jednocześnie była bardzo podekscytowana.

Nikt nie może nic o tym wiedzieć.

Nigdy.

"Co myślisz?" Zapytał, stojąc za nią z liną w rękach.

„To prowokujący widok".

- Tak. A teraz złączcie ręce. Ja was zwiążę.

Cynthia złożyła ręce, a profesor związał jej nadgarstki miękkim czarnym sznurem, gdy on wciąż stał za nią.

Nie trwało to długo.

Po chwili ich dłonie złączyły się.

"Co teraz?" Ona zapytała go.

Odszedł spokojnie, patrząc na nią.

Stał na środku pokoju i patrzył jej prosto w oczy.

„Teraz chcę, żebyś ssał mojego kutasa. Jestem pewien, że jesteś w tym bardzo dobry. Chcę, żebyś był posłusznym kociakiem seksu i pokazał mi, jak dobrze potrafisz ssać".

Cynthia podeszła do niego ze związanymi rękami.

Był od niej znacznie wyższy.

Po krótkim kontakcie wzrokowym uklękła i zaczęła rozpinać mu spodnie związanymi rękami.

Ściągnęła mu spodnie do kostek, odsłaniając półwzniesionego penisa.

Patrzyła na niego przez chwilę.

Był trochę większy niż ten jej chłopaka.

Trzymał go w dłoni i pogłaskał przez chwilę, zanim przestał myśleć.

Zawahała się.

„Chcę, żebyście wiedzieli, że zwykle tego nie robię" – powiedział po namyśle. „Robiłam takie rzeczy tylko w związkach. Zawsze byłam przeciwna kobietom wykorzystywania swojego ciała i seksualności, aby osiągnąć to, czego chcą".

„Właśnie dlatego chcę mojego kutasa w twoich ustach".

Ta uwaga trochę ją uraziła.

Ale i tak poczuła mrowienie między nogami.

Pochyliła się, żeby possać jego kutasa.

Zawsze uwielbiała ssać kutasy wszystkich swoich chłopaków.

Było to coś, co sprawiało mu przyjemność od chwili, gdy zrobił to po raz pierwszy.

Stało się to dla niej bardzo ekscytującym doświadczeniem seksualnym.

I nigdy nie było żadnych skarg.

Zawsze otrzymywała entuzjastyczne recenzje za swoje umiejętności w zakresie seksu oralnego.

Z ustami owiniętymi wokół kutasa, potrząsnęła głową podczas ssania.

Związane nadgarstki ograniczały ruch dłoni.

Jej język wirował wokół głowy i fiuta.

Spojrzała na nauczyciela nad sobą i kontynuowała ssanie.

Nawiązali kontakt wzrokowy, co było w pewnym stopniu ekscytujące, a częściowo upokarzające.

Odwróciła wzrok, gdy zaczęła brać jego kutasa głębiej do ust.

Następnie ssała każdą z jego piłek.

– Jesteś w tym świetny – jęknął. „Wiedziałem, że będziesz. Masz do tego idealne usta".

„Dziękuję" – wyszeptał po krótkim wyjęciu penisa z jej ust.

Wróciła do pracy, mając nadzieję, że doprowadzi go do jak najszybszego wytrysku.

Im więcej wysiłku wkładała, by ssać jego kutasa, tym bardziej się podniecała.

Nie musiał dotykać jej cipki, żeby zdać sobie sprawę, że między nogami była mokra.

„To na razie wystarczy" – powiedział. „Chcę, żebyś pochyliła się nad stołem w jadalni. Na brzuchu. Za chwilę będziemy uprawiać seks".

Spojrzała na niego oszołomiona.

„Nasza umowa dotyczyła loda. To wszystko".

„Oferty zawsze można ulepszyć".

„Proszę. Właśnie zgodziłem się zrobić ci loda".

„Dotknij się między nogami. Twoje ciało wie, czego chce. Jeśli jesteś suchy , wyjdę i dam ci wszystko, czego chcesz. Jeśli jesteś mokry, nadal mamy pracę do wykonania".

Nauczyciel był wytrwały.

Cynthia wiedziała, że to ma sens.

Jego serce tego chciało.

Jej cipka tego chciała.

Nie było sensu walczyć.

Cokolwiek z tym zrobisz, poczujesz się dobrze.

Sprawi, że znowu dojdzie.

Dlaczego więc odmawiać?

Wstał i podszedł do stołu w jadalni, który znajdował się zaledwie kilka stóp dalej.

Pochyliła się i położyła dłonie, twarz, piersi i brzuch na stole.

Stół, przy którym dzieliła niezliczone posiłki ze swoją najlepszą przyjaciółką, nagle stał się miejscem seksualnej satysfakcji.

Zastanawiała się, co zrobi dalej, ale nie miała pojęcia.

Nie wiedziała, czego się spodziewać.

Kiedy profesor zaczął szukać, usłyszał dźwięk przerzucanej torby.

Profesor przywiązał związane ręce do nóg stołu kolejną czarną liną.

Nadgarstki Cynthii były całkowicie unieruchomione i nie mogła poruszać ramionami.

Profesor przywiązał im także kostki do spodu stołu.

Nogi Cynthii były rozchylone, a jej cipka i odbyt szeroko rozwarte.

– Czy wiesz, co to jest plaga? spytał.

– Tak – odpowiedział nerwowo.

„Zamierzam tego użyć na tobie. Nie martw się. Nie zrobię ci krzywdy. To może trochę zaboleć. Daj mi znać, jeśli to za dużo".

Cynthia mocno ścisnęła linę, gdy bicz uderzył ją w pośladki.

Drugi cios był silniejszy.

Doskonale pamiętał uczucie ostatniego klapsa.

Było to uczucie, którego nigdy nie zapomni.

Ale chłosta była znacznie silniejsza niż łopata.

Każdy koniec chłosty wywołał uczucie mrowienia w jej cipce i kręgosłupie.

Każdy koniec wici stymulował ją seksualnie.

Chłosta przeniosła się na górną część pleców.

Klikanie było głośne tuż obok jego ucha.

Zabolało.

Zaczęła jęczeć za każdym razem, gdy ją uderzono.

Ból stawał się coraz bardziej dotkliwy.

Ale przyjemność też.

Powstało potężne i idealne połączenie.

Dał jej mocno klapsa po plecach i jej cipka stała się mokra.

Jęczała głośno przy każdym uderzeniu.

Kiedy jej plecy zrobiły się czerwone, skierował uwagę bata w dół, uderzając w tył jej ud.

To miejsce było tak wrażliwe, że prawie krzyknęła.

Cynthia mocniej ścisnęła linę w nadziei, że złagodzi ból.

Chłosta przeniosła się na każdy z pośladków Cynthii.

To było miejsce, które sprawiało mu najwięcej przyjemności.

Każdy koniec bicza uderzał ją mocno i sprawiał, że była bardziej napalona.

Chłosta ustała na miłosierną chwilę, a profesor wsunął dwa palce w jej cipkę.

„Mój Boże" – powiedział. „Jesteś jak kran. Biedactwo."

„Ja... muszę dojść".

Uśmiechnął się.

„Za kilka chwil, kochanie. Najpierw musimy dokończyć grę wstępną".

Profesor wrócił do pozycji chłosty i delikatnie dał Cynthii klapsa tuż między pośladkami.

Jęknęła , gdy końce klapsa trafiły bezpośrednio w ultrawrażliwą skórę jej pochwy i odbytu.

Pozwolił jej przez chwilę przyzwyczaić się do bólu, po czym posłał w jej stronę kolejny cios.

Kontynuował klapsy w jej cipkę i odbyt.

Opuścił klapsa i otwartą dłonią uderzył jej wrażliwy obszar seksualny.

Na początku klapsy były delikatne.

Ale potem zwiększał siłę przy każdym klapsie.

Upewnił się nawet, że dał klapsa jej nabrzmiałej łechtaczce, przez co jęknęła jak dziwka.

Po każdym klapsie jego dłoń stawała się wilgotna od płynów z pochwy Cynthii.

„Myślę, że jesteś gotowy. Chcesz teraz dojść?"

– Tak – jęknęła.

„Byłaś dobrą dziewczynką. Więc to sprawiedliwe, że cię do tego zmuszę".

Znowu sięgnął do torby.

Cynthia nie widziała, czego szukał profesor.

Jedyne co słyszałem to odgłosy giełdy.

Potem poczuła, jak jego palce rozszerzają jej usta, gdy włożył przedmiot.

To była zabawka erotyczna.

Gładkie i doskonale ukształtowane.

Z łatwością wsunął się w jej cipkę ze względu na swój mały rozmiar, co ją trochę rozczarowało.

Potrzebowała czegoś większego.

Obiekt seksualny wycofał się z jej pochwy, co ponownie ją rozczarowało.

Kiedy przedmiot dotknął zewnętrznego pierścienia jej odbytu, uświadomiła sobie, co się dzieje.

Nauczycielka włożyła przedmiot w cipkę jedynie w celu jej nasmarowania.

Celem seksualnym był jej tyłek.

Przygotowała się, gdy mała zabawka erotyczna została powoli wepchnięta do jej odbytu.

Przeniknął przez ciasny pierścień i trafił do jej odbytu.

Profesor nie spieszył się i robił wszystko powoli, nie chcąc jej skrzywdzić.

I cieszyło ją uczucie napięcia.

Wkrótce zapomniał o bólu, jaki odczuwał podczas chłosty.

Lekki ból zabawki erotycznej w jej tyłku był znacznie silniejszy i ekscytujący.

Gdy mała zabawka erotyczna znalazła się w jej tyłku, nauczyciel zostawił ją tam w ramach stymulacji.

Następnie w cichym pokoju rozległ się dźwięk otwieranej paczki.

"Co robisz?" – zapytała Cynthia, wciąż ze spuszczoną twarzą.

„Zakładam prezerwatywę. Wyrucham twoją cipkę, bo jesteś dziwką".

Te słowa wywołały mrowienie w jej kręgosłupie i dreszcz w cipce.

Mimo że miał związane kostki, starał się jak mógł, aby szerzej rozłożyć nogi.

Chciała, żeby ją wyruchano.

Chciała być wykorzystana jak kawałek mięsa.

Wiedziała, że nauczyciel jej nie zawiedzie.

Złapał ją mocno za biodra i przycisnął swojego twardego kutasa do jej ust.

Pchnął delikatnie i wszedł.

Wejście było łatwe, ponieważ była rozciągnięta i głęboko podniecona.

Cipka Cynthii była masą gorącego pożądania.

Profesor rozkoszował się uczuciem pochwy swojej studentki.

Potem wepchnął się do środka, aż Cynthia przycisnęła twarz do stołu i westchnęła.

Profesor położył obie dłonie na ramionach Cynthii i podciągnął ją do góry.

Powoli poruszał biodrami, ruchając ją.

Cynthia jęczała za każdym razem, gdy wpychał swojego kutasa w jej ciało.

Ze związanymi rękami ścisnął mocno, ciągnąc za linę.

Jej delikatna cipka była ostro ruchana, a jej jęki stały się głośniejsze.

Jedną ręką gładził jej włosy, upewniając się, że są za jej plecami.

Następnie tą samą ręką sięgnął w dół i pogłaskał jeden z jej małych cycków, szczypiąc spuchnięty różowy sutek.

– Czy jesteś moją dziwką? Zapytał zdeprawowanym głosem.

"Tak."

"Powiedz to."

– Jestem twoją dziwką – jęknął. – Ty brudna dziwko.

Kontynuował ruchanie jej jeszcze mocniej.

Jedną ręką nadal ściskał jej ramię, a drugą ręką napinał jej cycek.

„Nie jesteś dla mnie feministką, prawda?"

"NIE."

"Czym jesteś?" spytał.

– Jestem twoją dziwką – jęknął. „Muszę być tak traktowany".

Pieprzył ją jeszcze mocniej.

Jej gorący seks wydawał głośne klapsy z jego krocza, uderzając w jej miękki tyłek za każdym razem, gdy pchnął.

Jego jęki zamieniły się w nierówny oddech, gdy zaczął tracić kontrolę nad zmysłami swojego ciała.

Puściła.

Całkowicie oddała swoje ciało profesorowi.

Cała ona była jego.

Obiema rękami pieścił jej piersi i mocno ściskał jej sutki, przez co sapała z bólu.

Uszczypnął je mocniej, przez co jeszcze bardziej westchnęła.

„Ja... muszę dojść..." powiedziała słabo.

„Powiedz to głośniej!"

"Muszę dojść! Proszę!"

Wiedział dokładnie, co robić.

Nauczyciel opuścił ręce.

Taki, który podtrzyma Twoje biodro.

Drugi wyciągnął rękę, żeby pogłaskać jej łechtaczkę.

Cynthia jęknęła, gdy pocierał jej łechtaczkę okrężnymi ruchami.

W tym momencie Cynthia była stymulowana przez ruchanie w jej cipkę, zabawkę erotyczną w jej tyłku i zabawę palcem z jej łechtaczką.

Krzyczała głośno, nie przejmując się, czy sąsiedzi ją usłyszą.

Prawdopodobnie tak.

Ktokolwiek słuchał, prawdopodobnie był podekscytowany.

Nie obchodziło ją to.

Cynthia krzyknęła i zacisnęła palce.

Ręce i nogi ciągnął z całych sił za linę, ale bezskutecznie.

Jego dolna część pleców próbowała się wygiąć, ale chwyt był zbyt mocny.

Jego twarz wykrzywiła się z przyjemności.

Jego oczy rozszerzyły się.

Przyszła.

Mocarnie.

Płyny były wszędzie.

Jej mała cipka stała się seksownym kutasem.

Profesor był bliski orgazmu.

Nawet gdy ciało Cynthii stało się bezwładne i pozbawione energii, on nadal pieprzył jej przemoczoną cipkę, aż był usatysfakcjonowany.

Wstrzyknął duże ilości nasienia do prezerwatywy, którą miał na sobie.

Chrząknął i jego pchnięcia ustały, zanim położył się na plecach Cynthii, żeby odpocząć.

Zanim seks się skończył, oboje byli kompletnie spoceni.

Nie przestawał całować jej włosów z tyłu głowy.

„Jesteś boginią" – warknął bez tchu. „Prawdziwa bogini. Uszczęśliwiłaś mężczyznę całkowicie".

Cynthia wciąż była wyczerpana i ciężko oddychała.

– A twoja żona tego nie robi? Powiedziała z westchnieniem.

"I twój chłopak?" Powiedział to samo z westchnieniem.

Oboje się roześmiali.

„Rozwiąż mnie" – udało jej się znów powiedzieć cicho, oddychając lekko.

Nauczyciel wyciągnął z jej pochwy swojego wiotkiego, pokrytego prezerwatywą kutasa i zaczął ją rozwiązywać.

Kiedy była już wolna, Cynthia leżała na podłodze we własnych wydzielinach pochwowych.

Profesor usiadł obok niej i gładził jej miękkie włosy.

„Dam ci wszystko, czego chcesz. Zrobię, co w mojej mocy. Jesteś wspaniały".

Spojrzała na niego.

„Ty też. Nigdy... nigdy wcześniej tak nie przychodziłem."

„Mamy jeszcze kilka dni, żeby być razem. Zamierzam wykorzystać je jak najlepiej. Przez kilka następnych dni będziesz moim małym, brudnym, seksownym kotkiem. Potem będziesz mógł wrócić do domu, do swojej rodziny i swojego chłopaka, i cieszyć się odpoczynkiem ."

Uśmiechnęła się.

„ Już cieszę się przerwą".

Powiedziawszy to, Cynthia położyła głowę na kolanach profesora.

Zdjęła mokrą prezerwatywę.

Wzięła zwiotczałego penisa do ust i wyssała resztę spermy.

Profesor jęknął.

BARDZO WYROZUMIAŁY LEKARZ

59

– Doktor natychmiast się z panem przyjmie, proszę pana. Proszę tylko usiąść.

Andrew skinął głową, podchodząc do stołu egzaminacyjnego i usiadł.

Zgięcie bibuły wypełniało nosze.

Podwinęła rękaw koszuli, gdy pielęgniarka zamknęła za nią drzwi, wzdychając.

Dużo czasu zajęło mu przekonanie samego siebie, żeby poszedł z tym do lekarza, ale w końcu miał dość i miał dość.

Nie mówiąc już o tym, że był sfrustrowany własnym ciałem.

Wydawało się, że minęła wieczność, zanim drzwi ponownie się otworzyły, ale kiedy młoda kobieta w końcu weszła, przerywając błąkające się myśli Andrew, stwierdził, że warto było czekać.

„Witam, panie Harrison. Przepraszam, że musiałem czekać. Miałem dzisiaj wielu pacjentów".

Lekarka podeszła do jej biurka i wzięła teczkę, którą zostawiła w niej pielęgniarka, wraz z notatkami, które zrobiła po zadawanych mi pytaniach o cel mojej wizyty.

„Bez wątpienia wszyscy znaleźli jakiś powód, aby przyjść do ciebie, doktorze. Wiem, że na pewno bym to zrobił!"

Jego oczy, w pięknym odcieniu błękitu, w którym czułeś się, jakbyś mógł popływać, uniosły się z jego schowka i spotkały twoje.

W kącikach jego ust pojawił się uśmiech.

Bardzo, bardzo dobrze uformowane usta.

„Czy próbuje mi pan powiedzieć, że przyszedł tu dzisiaj, aby marnować mój czas, panie Harrison?"

Zachichotał.

„Niestety, doktorze Martínez, daleko do tego. Obawiam się, że mam bardzo poważny problem, chociaż jest pan pierwszą osobą, z którą przyszedłem się z tym skontaktować".

Spojrzał na swój notes.

Kiedy siedziała przy małym biurku i czytała, patrzyłem, jak krzyżuje nogi.

Była raczej niską Latynoską, ale jej gołe nogi pod spódnicą fartucha lekarskiego zdawały się trwać wiele mil.

Andrew przyłapał się na tym, że żałuje, że ołówkowa spódnica nie kończy się tuż nad jego kolanami.

„Tutaj jest napisane, że odmówił pan rozmowy z pielęgniarką na temat dokładnego charakteru swojej wizyty, panie Harrison, zatem... proszę porozmawiać ze mną szybko, zanim będzie pan mógł kontynuować".

Ramiona Andrew opadły nieco, mając nadzieję na wciągnięcie tej kobiety w nieco bardziej prywatną rozmowę, zanim przeszkodzi mu w myślach celem swojej wizyty.

Ale... przypuszczała, że musi się upewnić, że nie jest tylko hipochondrykiem, który za dużo przeczytał w Internecie na jakiś temat.

„Ja... cóż, wygląda na to, że mam pewne... ciągłe i uporczywe problemy w sypialni".

Uniosła jedną ze swoich idealnych ciemnych brwi i nie mógł zaprzeczyć, że wywołało to u niego lekki dreszcz, gdy jej oczy omiatały go z zaciekawieniem.

„Wygląda na to, że jest pan stosunkowo młodym mężczyzną w... cóż, doskonałej kondycji fizycznej, panie Harrison. Zanim przejdę bardziej szczegółowo do pańskich problemów, proszę mi powiedzieć. Dlaczego zdecydował się pan tu przyjść? Wydaje się, że to nowy objaw Wiem, że nigdy nie spotkałam się z komunikatem „Nikt wcześniej nie przychodził tu z takim problemem, więc kto mi Cię polecił?"

Cóż, szczerze mówiąc, doktorze, zwykle nie chodzę do lekarzy. „Naprawdę nie muszę, a w przypadku tego konkretnego problemu... naprawdę nie czuję się komfortowo, idąc do lekarza, żeby porozmawiać o tego typu sprawach".

Tym razem uśmiechnęła się całkowicie.

Położyła notes na stole i odwróciła się twarzą do niego, zaciskając dłonie na jego kolanie.

„Dwie rzeczy, panie Harrison. Po pierwsze, mów mi panna Martinez lub Rosa. Po drugie, myślę, że powinniśmy teraz ustalić założenie: musi pan być całkowicie szczery i bezpośredni, dobrze? Wygląda na to, że jest to dla pana delikatna sytuacja „Dlatego uważam, że ważne jest, abyśmy potraktowali tę sprawę poważnie i bez uprzedzeń, ponieważ będziemy zagłębiać się w pewne dość osobiste powody. Czyż nie?"

– Oczywiście, Rosa. I mów mi Andrew, proszę.

Skinęła głową.

„OK, Andrew. Powiedz mi, o jakim dokładnie problemie mówisz? Przedwczesny wytrysk? Trudności z osiągnięciem erekcji?"

Andrzej poczuł, jak jego policzki wypełniają się gorącem, przeczołgał się trochę po noszach, zostawiając dźwięk szelestu papieru i odpowiedział:

„No cóż, nigdy wcześniej nie miałem żadnych problemów, nawet nie był to mój pierwszy raz. Ale... chyba trudno mi uzyskać i utrzymać twardość. Ważne jest to, że od ponad roku nie mogę osiągnąć orgazmu. " "

„Boże, cały rok. Myślę, że umarłabym, gdyby mi się to przydarzyło. Czy masz pojęcie, dlaczego to mogło się zacząć dziać? Czy w Twoim życiu wydarzyły się jakieś zmiany lub złe rzeczy, jakieś złe doświadczenia z kochankiem „Utrata zainteresowanie twoją żoną?"

„Och, nie miałem żadnych problemów z żoną ani żadną kochanką".

Rosa uśmiechnęła się, ale gdy przestał myśleć, gestem zachęciła go, aby mówił dalej.

„Naprawdę nic nie przychodzi mi do głowy. Od kilku lat żyję w tej samej sytuacji. Jakiś czas temu wyszłam za mąż i od kilku lat nie mam nowych kochanków".

„Czy powiedziałbyś, że normalnie prowadzisz aktywne życie seksualne? A może coś się zmieniło, odkąd to się zaczęło?"

Andrzej wzruszył ramionami.

„Sytuacja na pewno się zmieniła , odkąd to się zaczęło. To znaczy mam kilku przyjaciół, z którymi lubię uprawiać seks, ponieważ się rozumiemy. Moja żona nie dotykała mnie od jakiegoś czasu, więc nie było zbyt wiele. raz na jakiś czas spotykam w barze kobietę, co może wydawać się, że łączy nas coś więcej niż tylko przyjaźń, ale ostatecznie nie ma nikogo, kto po prostu... sprawia, że problem braku twardości znika, tak sądzę.".

„A ci twoi przyjaciele, czy dziewczyny, z którymi się spotykasz, wiedzą, że masz innych przyjaciół? Że masz żonę? Nie przeszkadza im to? A może trzymasz to w tajemnicy?"

Andrzej potrząsnął głową.

Rosa pochyliła się do przodu, mówiąc, a on zauważył, że jej top, choć nie krótki, wydaje się mieć szerokie odstępy między guzikami.

Stetoskop, który założył na szyję, utknął w jednym z nich i wydawało się, że ukazywał niewielki widok czegoś fioletowego pod spodem, gdy zmienił pozycję i pociągnął za materiał.

„Jeśli jestem w związku za obopólną zgodą, nie muszę ich okłamywać. Nie ukrywam niczego, jeśli mnie o to pytają. Dbam o to, żeby było jasne, że inne dziewczyny też są moimi przyjaciółkami i że jestem wyszła za mąż, jeśli byliby zainteresowani. I okazuje się też, że są znajomi, którym muszę przyznać, że bardzo lubi seks. Gdyby jednak ktoś chciał pójść w stronę ekskluzywności, to oczywiście porozmawiałabym z nią, żeby tego nie robiła rób to dalej. W przeciwnym razie związek zostałby zerwany. Reakcje są... mieszane, ale często zdarza się, że „Mówi mi to o wiele więcej o tej dziewczynie, niż cokolwiek innego ".

„Hmm. A czy powiedziałbyś, że nigdy nie mógłbyś przestać uprawiać seksu z tymi przyjaciółmi?"

„To moi przyjaciele. Kiedyś spotykałem się z dziewczyną i doszliśmy do tego momentu, ale przestałem się z nią widywać, ponieważ myślała, że jestem wyłączny dla niej".

"Jak to się stało?"

„Najwyraźniej zapomniała o tym drobnym szczególe, na który się zgodziliśmy".

„Rozumiem. Powiedz mi, czy powiedziałbyś, że jesteś poliamoryczny, czy też masz skłonności poliamoryczne?"

Andrew zmarszczył brwi, nieco zdezorientowany, jaki ma to związek z jego problemem, ale chcąc się z nim uporać.

„Powiedziałabym, że jestem na to otwarta, choć niekoniecznie tego potrzebuję. Uważam, że dopóki para jest otwarta i szczera w kwestii tego, czego chce i czego oczekuje od siebie nawzajem, seks powinien być taki, jaki sobie tego życzy. ich."

„I ekskluzywne?"

„Pewnie, że tak może być. Między nimi, ale otwarci na doświadczenia z innymi, razem lub osobno, o ile oboje są szczerzy i zgadzają się. Z pewnością byłem w związkach, w których każde z nas dzieliło się swoimi przyjaciółmi i tak dalej. Jak wspomniałem, jest też odwrotnie – ekskluzywność."

– Ale tylko jeden?

„Inni też chcieli od razu przejść na wyłączność, ale... wydaje mi się to głupie".

Andrew wzruszył ramionami, ale Rosa zmarszczyła brwi.

"Dlaczego?"

„No cóż, na przykład z tobą. Gdybyśmy zaczęli się spotykać. Nie znam cię, ale z pewnością uważam cię za atrakcyjnego. Jeśli zaczniemy się spotykać, przypuszczam, że ty też uznasz mnie za atrakcyjnego; więc co jest złego w cieszeniu się sobą" inne seksualnie bez wyłączności, jeśli jesteśmy odpowiedzialni?

„Jaka jest więc różnica między randkowaniem a przyjaźnią z korzyściami?"

„Całym celem randek jest znalezienie kogoś, z kim chcesz dzielić życie, prawda? Idealnie na długi okres czasu, jeśli nie na zawsze, jeśli chodzi o małżeństwo. Przyjaciele... możesz ich lubić lub cieszyć się seksem ze sobą, ale odkryli, razem czy osobno, że nie sprawdzają się jako para. Na dłuższą metę ani w codziennym związku. Ale to nie znaczy, że nie mogą mieć dobrego seksu i sprawiajcie sobie nawzajem dobre samopoczucie.inni".

Roza zachichotała.

„Szczerze mówiąc, to całkiem zdrowa perspektywa. Szkoda, że nie mam przyjaciół, którzy mogliby w moim życiu przynieść takie same korzyści, jak ty, ponieważ ostatnio muszę dużo się odstresować".

Rosa usiadła, jakby wróciła do profesjonalnej postawy.

„Ehem. W każdym razie ok. więc... nie było żadnych wydarzeń, seksualnych, zawodowych czy osobistych, które mogłyby... zniechęcić lub dodać dużo stresu, czy coś takiego?"

– Nie to przychodzi mi do głowy.

„I nie możesz przestać się nawet masturbować? Albo uprawiać seks z kilkoma przyjaciółmi, z którymi nigdy wcześniej nie miałeś problemów?"

„Nie, wcale nie. I nigdy wcześniej też nie miałem problemów z wysiadaniem. To naprawdę frustrujące".

„I mówisz, że masz problemy z uzyskaniem i utrzymaniem erekcji".

„Tak, to znaczy będę podekscytowany, sztywnieję, ale wciąż trochę uhmmm... luźny, jeśli chcesz to tak ująć. To utrudnia penetrację, wiesz? I szczerze mówiąc , skoro już powiedzieliśmy, że będziemy, kilku moich przyjaciół NAPRAWDĘ uwielbia to, że po prostu wchodzę im do głowy, co jest jednym z powodów, dla których staliśmy się tak dobrymi przyjaciółmi i NAPRAWDĘ jesteśmy w tym dobrzy. Ale mimo to Mogę się do nich zbliżyć, prawdopodobnie bliżej niż czymkolwiek innym, niż nawet własnymi rękami, ale nie mogę osiągnąć orgazmu.

– Czy ciebie też nie mogą całkowicie stwardnieć?

Andrzej potrząsnął głową.

Rosa zmarszczyła brwi i zacisnęła usta w zamyśleniu.

Zabębniła palcami o jego kolano, a Andrew z trudem pozbył się fantazji o tym, jak by to było mieć te usta wokół swojego kutasa.

Podniecił się od razu, gdy weszła, ale właściwie czuł, jak jego kutas sztywnieje za każdym razem, gdy spoglądał na ten wygodny mały otwór w jej koszuli.

Nagle wstała.

„No cóż, Andrew, myślę, że będziemy musieli przeprowadzić badanie fizykalne, aby upewnić się, że wykluczyliśmy pewne rzeczy. Czy mógłbyś się rozebrać?"

Andrew natychmiast wyciągnął rękę i zaczął rozpinać koszulę.

„No cóż, normalnie, Rosa, nalegałbym najpierw przynajmniej na dobrą kolację, ale dla ciebie..."

Rosa zarumieniła się lekko i przygryzła dolną wargę, zakładając ręce przed sobą.

„Hmm...zwykle pacjent czeka, aż lekarz wyjdzie, żeby mógł się rozebrać i założyć fartuch medyczny. Następnie lekarz puka do drzwi i na prośbę pacjenta wraca".

Andrew wzruszył ramionami i kontynuował rozpinanie koszuli, odsłaniając owłosioną klatkę piersiową.

Zbadasz moje genitalia, a w upalny, letni dzień z łatwością zobaczysz mnie na zewnątrz bez koszulki. Poza tym spieszysz się, a mnie to nie obchodzi. Nie jestem nieśmiała. Zdecydowanie. nic, czego byś wcześniej nie widział."

Rosa zachichotała, a jej oczy opadły i powędrowały po torsie Andrew, gdy ten zdjął koszulę.

„No cóż, zdecydowanie nic, czego bym wcześniej nie widział, ale... jeśli nie masz nic przeciwko, myślę, że to nie problem. I wiesz, oczywiście i tak nie przestaniesz".

Andrew roześmiał się, wstał i schylając się, aby zacząć rozpinać spodnie.

– Hej, wygląda na to, że ty też nie zamierzasz wychodzić.

Uśmiechnęła się do niego, potrząsając głową i cofając się lekko, gdy zszedł ze stopnia stołu do badań i stanął na podłodze.

Spodnie Andrew spadły na podłogę. Zdjął je i spojrzał na nią z figlarnym uśmiechem, gdy zahaczył kciuki za pasek swoich bokserek.

„Czy powinieneś stawić czoła wielkiemu odkryciu, czy wolisz odwrócić się i zobaczyć później?"

Roześmiała się, odwzajemniając jego żartobliwą minę, ściskając stetoskop w dłoniach.

– Po prostu stań twarzą w twarz ze mną. Nie jestem pewien, czy zdołam się oprzeć uderzeniu cię w tyłek, jeśli się odwrócisz.

„No cóż, w takim razie..."

Andrew szybko się odwrócił i pochylił, ściągając bokserki, poruszając teraz nagim tyłkiem w stronę Rosy i odwracając głowę, by spojrzeć na nią przez ramię.

Zakrywał usta dłonią i śmiał się cicho.

„Jesteś ZŁY, Andrew Harrisonie. To bardzo niewłaściwe zachowanie w relacji lekarz-pacjent!"

– Nie powiem nic, jeśli ty też tego nie zrobisz, Rosa Martínez.

Przewróciła oczami i opuściła rękę, ale Andrew zauważył, że jej wzrok błądził po całym ciele, gdy odwrócił się w jej stronę i oparł ręce na biodrach.

"Co teraz?"

Rosa spojrzała znacząco w dół, unosząc brwi z uśmiechem.

„Cóż, z pewnością wygląda na to, że nie masz teraz większych trudności...!"

Andrew podążył za jej spojrzeniem; Kogut był sztywny, to było oczywiste.

Rosa była bardzo atrakcyjną kobietą, a on dobrze się bawił, flirtując z nią.

„No cóż, trup zesztywniałby, będąc nagim w tym samym pokoju co ty, Rosa, choć to nie to samo, co pełna erekcja!"

Przewróciła oczami i uśmiechnęła się lekko, ale naprawdę wydawało się, że stara się zachować odrobinę profesjonalizmu.

Wyciągnęła rękę, żeby zdjąć stetoskop, ale gdy to zrobiła, kilka guzików jej bluzki odpięło się.

Oczy Andrew rozszerzyły się, gdy odwrócił się, aby otworzyć szufladę.

„Wróć na stół, a ja przyniosę rękawiczki..."

Andrew zrobił, jak go poproszono, zastanawiając się, czy rozłożone guziki zapewnią lepszy widok.

Podziwiając tyłek Rosy, gdy była odwrócona do niego plecami, jego myśli powędrowały do wielu obrzydliwych scenariuszy.

– Cóż, to jest niewygodne.

Odwrócił się, trzymając w jednej ręce pojedynczą niebieską rękawiczkę medyczną, a w drugiej puste pudełko.

„Będę musiał kupić nowe pudełko. Może powinieneś założyć..."

„Pshh, proszę! Masz jednego. Nie badasz otwartych ran ani niczego inwazyjnego. Niczego nie wyciekam. Nic mi nie jest, jeśli ci to odpowiada."

Roza potrząsnęła głową.

„Absolutnie nie, to łamie, nawet nie wiem, ile zasad, a największym z nich jest złamanie sterylizacji i..."

„Doktor Rosa. Należy przeprowadzić badanie fizykalne okolicy, aby upewnić się, że nie ma żadnych nieprawidłowości, prawda? To nie jest tak, że coś połykasz albo masz otwarte rany na dłoni, prawda? Ty też nie będziesz tego robić. połóż palce gdziekolwiek na dłoni. moja".

Spojrzała mu w oczy.

„Szczerze mówiąc, być może będziesz musiał zbadać swoją prostatę".

„No cóż, masz rękawiczkę".

„Mogłem po prostu przejść korytarzem, wziąć nowe pudełko i wrócić".

Andrew uśmiechnął się, podnosząc ręce, wzruszając ramionami i przechylając głowę na bok.

„A jednak tego nie zrobiłeś..."

Doktor Rosa przewróciła oczami ze złości i szybko założyła rękawiczkę na lewą rękę, potrząsając głową.

Widział jednak lekki uśmiech na jego ustach i zmarszczki w kącikach oczu.

„Jesteś niemożliwy! Otwórz nogi, proszę pana!"

Starając się nie okazywać własnego oczekiwania, Andrew natychmiast rozłożył nogi, aby dać Rosie jak największy dostęp.

Walczył, by nie westchnąć z przyjemności, gdy poczuł ciepłe, miękkie, nagie ciało prawej dłoni Rosy owijające się wokół jego członka, a następnie zimną, suchą rękawiczkę jej lewej dłoni obejmującą jego jądra.

Jej palce zaczęły ostrożnie badać jego długość, manipulując workiem z piłkami, marszcząc brwi w skupieniu i wyglądając niesamowicie seksownie, gdy lekko się pochyliła.

Jego oczy rozszerzyły się, gdy jej koszula opadła nieco, odsłaniając przepyszny, kremowy obszar miękkich piersi, ułożonych i podtrzymywanych przez fioletowy marszczony stanik.

Poczuł, jak jego puls przyspiesza, poczuł, jak jego kutas unosi się z podniecenia i podniecenia, zarówno od kontaktu, jak i widoku.

„Nie czuję żadnych nienormalnych wstrząsów ani pęknięć, więc to dobrze. Właściwie mogę... och! No cóż... ktoś z pewnością nagle strasznie reaguje..."

Podniosła twarz, żeby na niego spojrzeć, a Andrew poczuł kolejną rosnącą falę pożądania seksualnego i narastającego napięcia.

Jakie to uczucie zanurzyć swojego kutasa w tych częściowo otwartych ustach i poczuć talent języka na niecierpliwym kutasie?

Nerwowo oderwał wzrok, bojąc się, że dostrzeże w nich nagie, surowe pożądanie.

„Ja... cóż, Rosa, uhmmm... szczerze mówiąc..."

Czy był to problem... mózgu, nie tylko spowodowany techniką czysto klinicznego badania, która zaczęła dawać ci to uczucie?

Andrzej nie był pewien.

Jednakże poczuła niemal przemożną potrzebę, aby zacząć napierać na jego uścisk.

„Andrew, pamiętaj; powiedzieliśmy, że będziemy wobec siebie szczerzy i uczciwi. Żadnych uprzedzeń".

Andrew niechętnie odwrócił się, by na nią spojrzeć.

Jego twarz była spokojna, ale... wydawało się, że w jego oczach pojawił się jakiś błysk.

W jakiś... specyficzny sposób zacisnęła usta.

Oczekiwanie?

Widok jej rąk na nim, bliskość twarzy do jego krocza.

Gdyby odwróciła głowę, prawdopodobnie poczułby dotyk jej oddechu na swojej skórze.

Widok jej niesamowicie wyglądających piersi również był czymś spektakularnym.

Sposób, w jaki nieświadomie tak ją postrzegał – mimowolny, niewinny, ale wyraźnie intymny i prywatny – był odurzający.

Poczuł, jak jego kutas drga w dłoniach, a jego podniecenie zdawało się wymknąć się spod kontroli.

„Więc, szczerze, Rosa, minęło dużo, dużo czasu, odkąd miałem wyraźnie inteligentną, zabawną, czarującą i po prostu oszałamiającą kobietę, która z łatwością mnie urzekała i podniecała. Trzymasz rękę na moim kutasie, a ja mam niesamowity widok twojej koszuli, który uświadamia mi, ile czasu minęło, odkąd widziałem tak dużą parę pięknych piersi i szczerze mówiąc, nie pamiętam, kiedy ostatni raz byłem tak napalony lub nie mogłem się doczekać dzikiego seksu.

Oczy Rosy rozszerzyły się, a jej dłoń w rękawiczce opadła w jej stronę, by dotknąć zagięcia jego koszuli, gdy spojrzała w dół.

Jego policzki natychmiast zarumieniły się głębokim, jasnym szkarłatem.

Spojrzała na niego, przygryzając dolną wargę, ale zauważył, że nie odsunęła gołej ręki od jego członka, opuszczając dłoń w rękawiczce, po prostu kierując wzrok na jego twardego kutasa, a potem z powrotem na swoją twarz.

Ich oczy się spotkały.

Andrzej sapnął.

„Ja... ja nawet nie mogę... mam... jesteś twardy jak skała. Nie masz żadnego problemu!"

„Po raz pierwszy od ponad roku. Dzięki tobie. Obiecuję, że tego nie zmyślę".

Nagłe ciepło ust Rosy, które ochoczo owijały się wokół nabrzmiałej główki penisa Andrew, sprawiło, że oboje jęknęli.

Dłonie Andrew chwyciły krawędzie stołu do badań, gdy patrzył, jak usta Rosy opadają na jego kutasa.

Poczuł, jak jej miękki język liże, pociera i drażni spód jego erekcji, gdy wciąga go do ust.

Mruczała wokół jego pulsującego kutasa, ssąc go, gdy jej palce przyjęły zupełnie inny rodzaj dotyku i pieszczoty na jego jądrach.

Jej oczy płonęły intensywną potrzebą, która zdawała się odzwierciedlać jej własną, obserwując jego reakcję, gdy zaczęła go sprawiać przyjemność.

Gdy jej głowa zaczęła przesuwać się po nim w górę i w dół.

Był zafascynowany jej działaniami, rytmicznymi ruchami jego obolałego penisa i surową seksualnością, którą wyczuwał w jej spojrzeniu, gdy była świadkiem przyjemności, jaką jej sprawiał.

Zachwyt, jaki najwyraźniej odczuwał, że był tego źródłem, był nie do opisania.

Jego wzrok powędrował do krótkich, wstrząsających przebłysków jej zakrytego stanikiem dekoltu.

Odsunęła się od niego, dysząc cicho i patrząc na niezapięte guziki, po czym się uśmiechnęła.

„Chcesz zobaczyć więcej...?"

Skinął głową, starając się nie zauważyć sznurka śliny, która powoli spływała z jej mokrych ust na błyszczącą główkę jego penisa.

Rozpinała dla niego bluzkę, pozwalając jej opaść na podłogę za sobą i natychmiast sięgnęła do rozpięcia zapięć stanika.

Obserwowała jego reakcję, gdy powoli usuwała go ze swojego ciała, uśmiechając się do niego żartobliwie, gdy jej piękne, blade piersi zostały uwolnione z niewoli.

Andrew jęknął cicho na ten widok.

Bez wahania wyciągnął rękę i ujął jej nagą lewą pierś.

Pieścił ciepłą i rozkosznie miękką anatomię doktor Rosy Martínez.

„O Boże... Rosa...!"

Jej oczy zwęziły się, a dreszcz wyraźnie sprawił, że zadrżała przed nim.

Podniosła rękę i położyła palec na jego ustach.

„Minęło dużo czasu, odkąd mężczyzna mnie tak dotykał... Byłam tak zajęta, że nigdy zbyt często nie wychodzę...! My... nie możemy robić za dużo hałasu..."

Pocałował jej palec, przesunął językiem po jego czubku i ssał go żartobliwie, powoli, obserwując ją.

Ścisnął jej pierś w dłoniach, na co ona jęknęła cicho i wymamrotał:

„To nie powinno być... tylko o mnie. Chcę ciebie, Rosa. Was wszystkich. Nie tylko twoich ust, nawet twoich niesamowitych piersi. Oboje możemy się dobrze bawić i czuć się dobrze".

Jej twarz była zarumieniona z podniecenia (jej pierś miała nawet różowy odcień), a on czuł, jak jej sutek jest twardy i wystający z jego dłoni.

Poczuł, jak jej dłoń przesuwa się w górę jego klatki piersiowej i z powrotem w dół, aby chwycić jego kutasa.

Ściśnięcie go, tym razem bardzo celowe uderzenie.

„Czy jesteś czysty...? Czyż nie...?"

"Jeśli ty?"

Odpowiedziała, cofając się o krok i sięgając po zamek błyskawiczny spódnicy.

Oblizała wargi, obserwując, jak jego erekcja kołysze się w powietrzu.

Spódnica zsunęła się bez wysiłku z nóg, a tuż za nią znalazła się para jedwabistych fioletowych majtek o pochlebnym kroju.

Zapach jej podniecenia był silny i Andrew widział błyszczącą wilgoć, która lśniła na wewnętrznej stronie ud Rosy, dosłownie zdobiąc jej miękkie usta.

„Nie jestem pewien, czy wytrzymamy długo..."

Roześmiał się cicho, oblizując wargi i siadając z powrotem na stole do badań ze złożeniem bibuły.

Rosa wspinała się na stopień, przerzucając jedną nogę przez jego ciało i sadowiąc się na nim, oddychając niecierpliwie.

Złapała jego kutasa (drżała jej ręka?) i spojrzała na niego.

Z czcią przesuwał dłonie po miękkości jej nagiego ciała, aż spoczęły na jej biodrach.

Przyciągnął ją blisko, opierając pulsujący czubek o jej mokre wejście, ale nie posunął się dalej.

„Nie będziesz jedyna, Rosa. Mam nadzieję, że nie masz nic przeciwko. Żadnych uprzedzeń, pamiętasz?"

Próbowali cicho jęczeć, kiedy się na niego wsunęła.

Wilgotne ciepło jej ciała owinęło się wokół niego wygodnie i przytuliło jego obolałą erekcję głęboko w jego wnętrzu.

Odrzuciła głowę do tyłu z otwartymi ustami i pochłonęła go całkowicie.

Zaczęła ocierać się biodrami o jego ciało.

Jej klatka piersiowa uniosła się, zapraszając ręce do wyciągnięcia i chwycenia ich obu, ściskając delikatnie, gdy drżał pod nią.

Kiedy reagował, jego drżący głos utrzymywał się przeważnie na niskim poziomie.

„Ochhhh! Boże...!"

Położyła dłonie na jego klatce piersiowej i opuściła głowę, aby spojrzeć na niego zachłannie.

Jej biodra zaczęły się kołysać, gdy zaczęła go ujeżdżać.

Dłonie Andrew przesunęły się po jej skórze, pieszcząc boki jej ciała, ściskając biodra, zanim sięgnęły, by chwycić jej jędrny, umięśniony tyłek.

Jego palce zacisnęły się na niej, wbijając się w jej ciało, gdy przyciągnął ją mocniej do siebie, cały czas wykorzystując jej nogi, by sprostać jego ruchom własnymi pchnięciami.

Dyszał pod nią.

„Czuję się... tak... dobrze, Rosa... cholera... dobrze!"

Uśmiechnęła się nieśmiało, ale tylko przyspieszyła, pieprząc go desperacko, z półprzymkniętymi oczami i chrząkając z głębokiej satysfakcji.

Papier zgniótł się pod Andrew, który już stracił panowanie nad sobą w reakcji na jej ruchy.

Starał się nie ruszać tak mocno górną częścią ciała, ale do pewnego stopnia nie obchodziło go to.

Jego kutas pulsował niecierpliwie w ciasnych granicach Rosy, a jego penis był tak twardy, że nie mógł się nim cieszyć od zbyt długiego czasu.

Mógł poczuć każdą falę jej śliskiej cipki, gdy go ujeżdżała .

Każde ściskanie i drżenie ich wewnętrznych mięśni, gdy wybuchały niczym dwa zwierzęta.

Jej cipka kurczyła się coraz częściej.

Energiczne tempo Rosy stawało się coraz bardziej szalone, aż usłyszała, jak łapie oddech.

Widział, jak jej kręgosłup jest napięty, gdy wyginała się w łuk i poczuł orgazm na jego kutasie.

Jednak wcale się nie zatrzymała.

Rosa szła dalej, zagryzając dolną wargę i jęcząc z radości z zamkniętymi ustami.

Andrew czuł, jak zaciskają się jego jądra, wiedział, że nie wytrzyma długo.

Myśl, że znowu zmięknie i straci zdolność do dalszego pieprzenia się z tą piękną, seksowną boginią, była okropna, ale nie mógł nic na to poradzić.

To było zbyt dobre.

TO wydawało się zbyt dobre.

Dysząc, poruszył jedną ręką, przeszukał ich spocone, zderzające się ciała i odkrył, że jej łechtaczka masuje się, gdy ją pieprzy.

Oczy Rosy rozszerzyły się, jej wzrok ponownie się spotkał, a jej usta otworzyły się w niemym krzyku.

Jej cipka zacisnęła się wokół niego, jeszcze mocniej niż wcześniej .

Zupełnie nie mogąc się powstrzymać, Andrew poczuł, że zbliża się do niego orgazm, pierwszy od ponad roku.

Twarde, gęste strumienie spermy eksplodowały w cipce Rosy, powodując niekontrolowany jęk Andrew.

Aż do chwili, gdy Rosa pośrodku własnego dzioba zakryła mu usta jedną ręką, próbując go uciszyć.

Jego usta uśmiechały się dziko, gdy drżeli o siebie, zjednoczeni w ekstazie.

Z całkowitą pobłażliwością dla rozkoszowania się swoimi ciałami.

Jego ciało wiło się pod nią, a ona robiła wszystko, co w jej mocy, aby ocierać się o niego .

Gdy nadal pompował coraz więcej nasienia do jej cipki, na co ona chętnie się zgodziła.

Tłumiona przez rok frustracja seksualna w końcu eksplodowała w ciele Rosy.

Każdy wybuch zdawał się rozluźniać całe napięcie w mięśniach Andrew na zupełnie nowy poziom, który sprawiał, że unosił się w morzu błogości, jakby był odurzony.

Tłumiąc śmiech, kiedy opadła na niego, a jego ręce łapczywie pieściły jej ciało, Rosa przeniosła głowę nad jego owłosioną klatką piersiową, dysząc, gdy na niego spojrzała.

„Nie mogę uwierzyć, że właśnie to zrobiliśmy...! Boże, ile to było spermy ...”

Ramiona Andrew instynktownie owinęły się wokół ciała Rosy, trzymając ją blisko, podczas gdy jego dłonie z szacunkiem pieściły miękkość jej skóry.

Kiedy próbował dojść do siebie, jego klatka piersiowa unosiła się i opadała szybko.

Uśmiech rozjaśnił jego twarz, gdy na nią spojrzał.

„Rok, a przynajmniej prawie. A czuję, że mam jeszcze więcej.”

Mruknęła z zachwytu, przez co jego klatka piersiowa wibrowała.

Andrew przysięgał, że czuje jej skurcz wokół miękkiego, zdumiewająco sztywnego kutasa, wciąż w niej tkwiącego.

„Nie pragnę niczego bardziej, niż wydoić Cię do ostatniej kropli, ciałem lub ustami, ale im dłużej tu jestem, tym większe jest prawdopodobieństwo, że przyjdzie któraś z pielęgniarek... a NIE MOGĘ mieć pozwu złożył wniosek o zaniedbanie lub molestowanie przeciwko mnie!”

Andrew podniósł rękę, aby dotknąć policzka Rosy, jego usta odnalazły jej usta i pocałowali ją powoli i zmysłowo.

Zamknął oczy, delektując się dotykiem jej ust i ciała.

Jak można było rozkoszować się poorgazmicznym odrętwieniem z tak niesamowitą kobietą!

„Dziękuję, Rosa. To było... niesamowite. Nie potrafię opisać, jak dobrze było znów móc się tak czuć”.

Policzki Rosy zarumieniły się, gdy przygryzła dolną wargę.

„Czy naprawdę tak myślisz...?

– Czy przez ostatni rok naprawdę nie byłeś twardy ani nie osiągnąłeś szczytu?

Andrew zaśmiał się lekko, wciąż pocierając kciukiem jej policzek.

Jego druga ręka powędrowała do jej nagiego tyłka.

Dobrze było znów być w takim stanie z kobietą.

„Co, myślałeś, że kłamię w tej sprawie?

– Tylko po to, żeby dostać się do twoich spodni?

Wzruszyła ramionami, uśmiechając się nieco nieśmiało.

„To nie byłby pierwszy raz, kiedy przydarzyło mi się coś podobnego. To zdarza się większości dziewczyn".

„Przysięgam, że nie miałem orgazmu od ponad roku i przynajmniej aż do tej pory nie osiągnąłem orgazmu. To był pierwszy raz, kiedy udało mi się spenetrować kobietę, nie mówiąc już o spuszczeniu się w nią lub każ jej spuszczać się na mojego kutasa przez ponad rok. Czuję się teraz euforycznie i cudownie hojnie.

Rosa roześmiała się, pochylając się, by ukraść mu szybki pocałunek, ale również usiadła.

Przez chwilę poruszała biodrami w jego stronę, uśmiechając się szeroko, robiąc to ze zmrużonymi oczami .

Ale ona powoli uwolniła się od jego kutasa.

Strumień nasienia wydostał się z jej pochwy i zsunął się po ciele, gromadząc się wzdłuż miednicy.

„No cóż, czuję się niewiarygodnie pochlebiony, a także ogromnie zwolniony. Szczerze mówiąc, minęło dużo czasu, odkąd ze mną spałeś, chociaż mój wibrator i ja jesteśmy częstymi przyjaciółmi. A ja... nigdy tego nie robiłem coś takiego wcześniej." .. "

Wyglądała na zdenerwowaną, ale Andrew nie mógł powstrzymać się od uśmiechu.

Chociaż z pewnością miał już sporo przygód i przypadkowego seksu, to... było to coś zupełnie innego i sam nie był pewien, co powiedzieć.

Kiedy spuściła się na podłogę, zobaczyła kałużę spermy i prawie się odwróciła, żeby złapać coś do oczyszczenia, ale on patrzył, jak się zatrzymuje i patrzy na niego.

Następnie po prostu pochyl się i weź go z powrotem do ust.

Jej język chłeptał rozsypane nasienie, gdy lekko go ssała.

Andrew sapnął, zaciskając dłonie na krawędziach stołu, gdy jego plecy zesztywniały, ale nie mógł odwrócić wzroku od tego, co robił.

Jego kutas pulsował z przyjemności, nawet gdy powoli się od niego odsunęła.

Najpierw pocałowała czubek jego członka, a następnie zlizała kilka zabłąkanych pasm nasienia z jego ciała.

Uśmiechnęła się do niego nieśmiało, ponownie wstając i patrząc na jego kutasa.

Najwyraźniej znów był całkowicie twardy.

„Wygląda na to, że nie ma już problemu z twardnieniem, panie Harrison".

Andrew zadrżał radośnie, próbując usiąść do przodu i podnieść swoje ubrania, obserwując, jak Rosa pochyla się, aby je podnieść.

– Myślę, że mnie wyleczyła, panno Martinez.

Uśmiechnęła się, ale podając mu część swoich ubrań, sięgnęła w dół, aby żartobliwie dotknąć jego kutasa.

„Nie zgadzam się, proszę pana. Myślę, że będzie pan musiał umówić się na wizytę kontrolną jeszcze w tym tygodniu. Musimy uważnie monitorować pański stan i upewnić się, że nie ma nawrotów choroby".

Jego figlarny uśmiech nieco przygasł.

„To poważna sprawa, ale mimo to ja... myślę, że prawdopodobnie możemy wykluczyć dolegliwości fizyczne, ale... ale chcemy się upewnić. Prawda, prawda?..."

Andrew podniósł rękę i uśmiechnął się delikatnie.

„Rozumiem, doktor Rosa. I bardzo chętnie wrócę na konsultację. Oficjalnie i... nawet nieoficjalnie, jeśli się Pani na to zgodzi. Ja... Szczerze oczekiwałam, że zrobi Pani szybkie badanie i skieruj mnie do psychologa. Pomyślałem, że „to był problem psychiczny lub emocjonalny".

Zarumieniła się, ale skinęła głową, zakładając majtki.

Ciemny okrąg powoli wsiąkał w tkaninę, a jego widok jeszcze bardziej podekscytował Andrew.

Chciała założyć z powrotem stanik, ale Andrew gestem nakazał jej podejść bliżej i spojrzał na nią z zaciekawieniem.

Ustąpiła i ponownie się do niego zbliżyła.

Natychmiast podniósł rękę, aby z cichym westchnieniem pieścić jej nagie piersi.

„Dziękuję. Przepraszam, jesteś po prostu... myślę, że jesteś niesamowicie seksowny, a sprawy potoczyły się tak pośpiesznie, że... nie chciałam przegapić szansy, by ich dotknąć, póki ją mam".

Uśmiechnęła się delikatnie, pochyliła się, by pocałować go w policzek, po czym cofnęła się, aby ponownie założyć ubranie i spróbować głośno wznowić ich oficjalną dyskusję.

„To prawdopodobnie tyle, ale ponieważ nie powiedziałeś pielęgniarkom dokładnie, co to jest w dokumentach, prawdopodobnie powinienem... zorganizować ci kolejną wizytę tutaj, abyśmy mogli mieć pewność co do objawów".

Skinął głową, wstał i zaczął się ubierać.

Rosa spojrzała na niego przez chwilę, kiedy kończyła przerzucać ubranie.

Zamyślona wygładziła ołówkową spódnicę.

Wreszcie przerwał ciszę.

„Jeśli chcesz,... chętnie przyjmę twój numer telefonu. Szczerze mówiąc, nie jestem pewien, co o tym myślę, poza... upałem chwili, ale..."

„W pełni rozumiem, Rosa. Wiem... nie znamy się zbyt dobrze, ale... mam nadzieję, że wiesz, że nie traktuję tego lekko, można mi ufać i ja... bardzo to doceniam... wszystko, co się wydarzyło. Nigdy nie wykorzystałbym tego, aby cię skrzywdzić lub celowo zranić cię w jakikolwiek sposób. Jeśli nie chcesz, aby to się nigdy więcej nie powtórzyło, zaakceptuję, uszanuję i zrozumiem ten wybór, ale mam szczerą nadzieję, że tego nie żałujesz i mam nadzieję, że nadal będę mogła być „Przynajmniej twoją pacjentką. Przyszłam tu nie bez powodu, ze względu na twoją historię i opinie na temat twoich umiejętności jako lekarza. Nie mogę ci powiedzieć jakże mnie to uszczęśliwiło lub... jak sprawiło, że znów poczułem się jak mężczyzna.

Ramiona Rosy zdawały się nieco opaść.

Napięcie opuściło jego postawę, gdy uśmiechnął się ciepło.

„Dziękuję, Andrew. Naprawdę to doceniam. Ja... naprawdę, naprawdę podobało mi się to, co się stało".

– Czy w takim razie mogę zostawić ci mój numer?

Skinęła głową i odwróciła się, żeby chwycić blok papieru i długopis.

Potem jej to zaproponował.

Wziął go i szybko zapisał jej numer, po czym jej oddał.

Oderwała górną warstwę i wepchnęła ją do małej kieszonki bluzki.

Ich spojrzenia się spotkały, zatrzymali się na chwilę, po czym Andrew uśmiechnął się i rozłożył ramiona.

– Czy zechciałbyś się przytulić...?

Roześmiała się, potrząsając głową, gdy się przytulali.

Kiedy się cofnęli, a Rosa odwróciła się, żeby zebrać swoje rzeczy, jej oczy rozejrzały się po biurze.

Poza tym, że bibułka leżąca na stole do badań była potwornie pognieciona, nikt nie był w stanie powiedzieć, co się tu przed chwilą wydarzyło.

Andrew, rozumiejąc, co robi, pociągnął nosem trochę powietrze, a następnie podszedł do jednego z okien, aby je otworzyć.

Rosa uśmiechnęła się nieśmiało i kiwnęła głową.

„W takim razie, Andrew... hm, panie Harrison, dojdziemy do sedna problemu, który wydaje się pan mieć, ale będziemy musieli umówić się na kolejną wizytę kontrolną jeszcze w tym tygodniu, a im szybciej, tym lepiej."

Przygryzł wargę, mrugnął do niej i powiedział zniżając głos:
"Nie każ mi czekać".

W BIURZE

– Czy potrzebuje pani czegoś jeszcze, panno Sanders?

Podniosłem wzrok znad rozmazanych rzędów i kolumn wydrukowanego arkusza kalkulacyjnego i mrugnąłem, aby zobaczyć Vicky, moją sekretarkę, stojącą w drzwiach mojego biura z torbą przerzuconą przez prawe ramię.

Gdzieś za sobą słyszała rozmowy innych dziewcząt w biurze, które kończyły pracę na weekend.

Kiedy jego słowa w końcu utkwiły mi w pamięci, szybko kiwnąłem mu głową i poruszyłem palcami.

„Śmiało . Powinienem skończyć za jakieś pięć minut. Miłego weekendu."

Na chwilę zmrużyła oczy, ale tylko powtórzyła moje ostatnie słowa z uśmiechem, po czym odwróciła się i dołączyła do swoich współpracowników.

Tak, znała mnie bardzo dobrze.

W normalny dzień pięć minut to zwykle piętnaście do dwudziestu. Ale był to piątek przed trzydniowym długim weekendem i wraz z zakończeniem podsumowania raportu kwartalnego, który miał ukazać się we wtorek rano.

Kogo oszukiwałem?

Zostałbym tu przynajmniej na kilka godzin.

I to tylko wtedy, gdy mogłem skupić się na zdobyciu właściwych liczb.

Po pierwszej godzinie z niewielkim postępem udałem się szybko do automatu w pokoju socjalnym po napój gazowany z kofeiną.

Wróciłem do biurka, czując, jak gaz łaskocze mnie w gardle po głębokim drinku, stałem pochylony nad biurkiem.

Może inna perspektywa by pomogła.

Właśnie wtedy usłyszałem niski warkot.

Daleki od zaskoczenia, ponieważ znałem właściciela tego dźwięku, ledwie podniosłem wzrok i zobaczyłem pana Roberta Gonzáleza opierającego się o framugę drzwi, z rękami w kieszeniach obcisłych spodni.

Był uosobieniem wysokiego i przystojnego człowieka, choć nie był całkowicie czarny... przynajmniej nie w tej części, którą było widać.

Jego srebrne włosy były krótsze po bokach i z tyłu, przez co wyglądał na starszego, niż powinien mieć czterdzieści kilka lat.

A jej lekko opalona skóra wskazywała, że nie miała nic przeciwko przebywaniu na świeżym powietrzu, chociaż wiedziała, że nie zdążyła jeszcze zbudować więzi z resztą męskiej kadry kierowniczej.

„Wyciągasz ostatnie krople energii o północy, Eriko?"

Uniosłam zadbaną brwi i w końcu odpowiedziałam:

– Jest szósta. Jest dopiero popołudnie.

Lekko wzruszył ramionami.

„Gdzieś jest północ".

"W Londynie."

"Hmm?"

„Jeśli tutaj jest szósta, w Londynie jest północ".

Robert zaśmiał się.

„Ty i twoje liczby".

Przewróciłam oczami, pochyliłam się do przodu, aby znaleźć górę kolumny arkusza kalkulacyjnego i przesunęłam palec w dół.

Do moich uszu dotarł głębszy warkot.

Podniosłam wzrok i zobaczyłam, jak poprawia węzeł krawata na szyi.

Sekundę później zdałam sobie sprawę, że widzi górę mojej koszuli.

Wstałam gwałtownie, usiadłam na krześle i podeszłam do biurka, czując, że moje policzki się rumienią.

Ledwo udało mi się powstrzymać uśmiech, gdy westchnął.

– Co mogę dla ciebie zrobić, Robercie?

W chwili, gdy te słowa opuściły moje usta, zamknąłem oczy i zacisnąłem usta.

Cholerna freudowska pomyłka.

„Nie pobieram żadnej opłaty, Eriko, ale jeśli chcesz zapłacić..."

„To był błąd" – mruknęłam, udając, że ponownie skupiam się na wydrukowanych stronach rozłożonych przede mną.

W myślach bez przekonania błagałam go, żeby odszedł.

Towarzystwo nie było całkiem nieprzyjemne.

Ale chciałam zrobić ten raport, żeby móc wrócić do domu, zanurzyć się w jacuzzi z lampką wina i nie myśleć o niczym, dopóki we wtorek rano nie zadzwoni budzik.

– Liczby stawiają opór, co? – powiedział z delikatnym śmiechem.

Rozległ się cichy dźwięk butów trzepoczących na dywanie.

Po chwili stał już przed moim biurkiem.

Kiedy ponownie podniosłam wzrok, jego brwi były uniesione, a jego uśmiech się poszerzył, gdy zdjął marynarkę i położył ją na oparciu jednego z krzeseł dla gości.

Przełknęłam ślinę, gdy przesunął swoją dużą dłonią po przodzie szarej kamizelki zapinanej na guziki, pociągnął za mankiety białej koszuli, po czym usiadł na krześle naprzeciwko.

Skrzyżował prawe kolano nad lewym i splótł dłonie na kolanach.

Kiedy pracowałam, starałam się go ignorować, od czasu do czasu popijając napój z puszki.

I chwała, liczby zaczęły mieć sens.

Nie trwało długo, zanim w końcu mogłem zacząć pisać raport.

Nie mówił, ale słyszałem jego równy oddech.

Czuję na sobie jego wzrok.

Jednak byłam do tego przyzwyczajona ze strony klientów, więc uwaga Roberta mnie nie zmartwiła.

Nawet wtedy, gdy kątem oka widziałam, że powoli rozpina kamizelkę i poluzowuje węzeł krawata.

Przygryzłam wewnętrzną część wargi, gdy dostosował swoją pozycję i rozluźnił się na siedzeniu, starając się nie myśleć o tym, jak próbował ukryć swoje podniecenie.

Ze wzrokiem utkwionym w ekranie komputera wskazałem w raporcie skąd wzięły się nasze straty, a następnie przedstawiłem propozycję odzyskania tych środków w ciągu najbliższych dwóch kwartałów.

Kilka minut później jego głos mnie zaskoczył, przypominając mi o jego obecności.

„Wygląda na to, że naprawdę ciężko pracujesz, Erika. Nawet gdy patrzysz na mnie kątem oka. Myślisz, że nie zauważam tych rzeczy?”

Gula w gardle zdawała się pojawiać nie wiadomo skąd.

Faktycznie, bolało przełykanie i tym razem napój gazowany nie pomógł.

Szybkie spojrzenie na niego było złym pomysłem.

Zamknęłam na chwilę oczy, po czym szybko zamrugałam, żeby ponownie się skupić.

Głowa Roberta była przekrzywiona, kącik ust drgnął.

„Co się stało? Kot ukradł ci język?”

Kiedy nadal go ignorowałem, wydał dźwięk „tsi, tsi, tsi”.

Nie mogłam powstrzymać się od cichego przeklęcia, gdy wstał i obszedł moje biurko, zatrzymując się bezpośrednio za mną.

„Za dużo pracujesz. Jest weekend. Powinieneś być w domu lub bawić się, a nie spędzać czas w biurze”.

Poczułam, jak dotyka dolnej części moich włosów i zadrżałam.

Przez chwilę moje palce drżały na klawiaturze.

Nawet mój oddech był nierówny, gdy wypuszczałam powietrze.

Cholerny ten człowiek.

Chodziło mi to po głowie już od dwóch miesięcy... odkąd szefowie przedstawili nas na firmowym spotkaniu.

Byliśmy na tym samym szczeblu władzy, ale z różnych działów.

Tajniki naszych obszarów nawet się nie przecinały.

Znalazł jednak powód, aby odwiedzać moje biuro przynajmniej raz lub dwa razy w tygodniu.

Ale nigdy po godzinach.

I nigdy nie było tak... uruchomione.

Zawsze był profesjonalistą, ale tańczył na krawędzi liny.

W tajemnicy chciałam, żeby trochę wystartował.

Nie po to, żeby dać mi powód do doniesienia na niego, ale żeby wiedzieć na pewno, czy naprawdę był mną zainteresowany... czy po prostu lubił afiszować się ze swoją męskością.

Była jedyną dyrektorką w firmie.

Większość mężczyzn wydawała się zgadzać z tym statusem.

Kilku z nich dało mi znać przy dystrybutorze wody, że ich zdaniem kobiety powinny znajdować się po drugiej stronie biurka, ale nikt nie miał śmiałości powiedzieć mi tego w twarz.

Modliłam się, żeby ta chwila nigdy nie nadeszła od Roberta.

I teraz?

Miałam przeczucie, że w końcu zobaczę prawdziwą stronę mężczyzny, który nie raz nawiedzał mnie w snach.

Czy jednak będę tego żałować?

byliśmy sami

Reszta podłogi za oknami mojego biura była ciemna.

I nie było powodu, aby o tej porze w budynku znajdowały się inne osoby.

Woźni przybyli dopiero w sobotę rano.

A co jeśli intencje Roberta nie były honorowe?

I jeśli...

– Wygląda na to, że będziesz musiał rozładować trochę stresu, nie sądzisz?

Jego głos był tuż obok mojego ucha, jego usta lekko muskały go, przez co westchnęłam.

Mówiąc, odgarnął mi włosy.

A potem ugryzł mnie w płatek ucha.

– Odpowiedz mi, Eriko.

Ogień i lód.

Tylko w ten sposób mogłam opisać to, co przeszło przez moje ciało pod wpływem jego słów... jego czynów.

Nie mogłem się ruszyć.

Ledwo oddycha .

I zdecydowanie nie miałem odpowiedniego głosu, któremu mógłbym odpowiedzieć.

Robert nagle położył ręce po obu stronach mnie na biurku, jeszcze bardziej naruszając moją przestrzeń.

Przynajmniej dzieliło nas cienkie oparcie krzesła.

Na razie.

Nogi mi się trzęsły.

Dzięki Bogu, już siedziałem.

Na to czekałeś, prawda?

Walczyłam, żeby na niego nie patrzeć, ze strachu, że stracę resztkę kontroli nad swoimi emocjami, jeśli to zrobię.

Ale nie mogłam powstrzymać małego jęku, który wymknął się z moich ust, kiedy pochylił się w stronę mojej twarzy.

Jego usta ponownie dotknęły mojego ucha.

„Wiem, czego chcesz..." szepnął, liżąc mój płatek. "Czego potrzebujesz."

Bez ostrzeżenia wyciągnął rękę i chwycił mój lewy nadgarstek, delikatnie, ale stanowczo, zdejmując go z biurka i przenosząc za moje krzesło.

Ujął wierzch mojej dłoni w swoją dłoń i położył ją mocno na wybrzuszeniu w kroczu.

Jęknęłam głośniej, zaciskając oczy.

Obie moje ręce również instynktownie się zamknęły, a lewa jeszcze bardziej owinęła się wokół jego zakrytej erekcji.

Moja cipka zacisnęła się pod wpływem tego uczucia.

Wydał z siebie cichy jęk i położył moją rękę z powrotem na biurku.

Ciepło jego obecności zdawało się ustępować, ale nie powstrzymało to drżenia, które przeszło przez moje ramiona.

Jego ciepły oddech nadal pieścił moją szyję, gdy wypuścił ciężko.

Chwilę później powoli odwracam się na krześle, twarzą do niego... pozwalając, aby moje oczy były skierowane bezpośrednio na jego krocze.

Z westchnieniem odchyliłam się do tyłu na krześle i podniosłam wzrok na tyle długo, by zobaczyć, jak oblizuje wargi.

Następnie podążyłam za jego rękami, które opadły na jego talię i rozpięły skórzany pasek.

Odpiął guzik tak powoli, że nie była pewna, czy naprawdę to zrobił, dopóki nie rozsunął zamka.

Usłyszałam jego jęk, gdy zaczęłam oddychać bardziej nierówno i oblizałam wargi.

„I ten mokry, mały języczek? Boże, jesteś tak cholernie seksowna, Erika" – warknął, sięgając do bokserek.

Ale sekundę później zatrzymał się i cofnął rękę.

Ze spodniami zwisającymi uwodzicielsko z bioder, chwycił mój biceps i z łatwością postawił mnie na nogi.

Nie było czasu na myślenie.

Aby wyrazić swój sprzeciw.

W jednej sekundzie wstrzymałam oddech, a w następnej jego ciepłe usta dotknęły moich z zapałem, jakiego nigdy wcześniej nie doświadczyłam.

Ciepło.

Pasja.

Rozpacz.

Głód.

Wszystko to kręciło mi się w głowie.

Czy ja też to wszystko czułem?

Jego język wszedł do moich ust, domagając się tego.

Jego palce zacisnęły się na moich ramionach, przyciągając mnie bliżej siebie.

Moja głowa została odrzucona do tyłu, gdy pchnął mnie do przodu, podczas gdy reszta mojego ciała opierała się o niego.

Czuję teraz ten guzek w innych miejscach.

Naciskanie mnie.

Pocieranie mnie.

Podnieca mnie.

Rozpływałam się w jego pocałunku, kiedy z jękiem ponownie usiadłam.

Dysząc.

Zastanawiam się, co do cholery właśnie się stało.

Oddech Roberta był nierówny.

I oparł się o biurko, trzymając się krawędzi obiema rękami.

Patrzy na mnie szeroko otwartymi oczami.

Kiedy spojrzałam na jego lekko unoszącą się klatkę piersiową, uniósł mój podbródek.

Trzymał to dla mnie.

Następnie przesunął kciukiem po mojej dolnej wardze, po czym na sekundę wpił się w moje usta.

Skorzystałem z okazji i polizałem jego palec, na co chrząknął.

Wcisnął głębiej.

Wkrótce zasysałam czubek jego kciuka aż do pierwszego kostki, gdy powoli wsuwał go i wysuwał z moich ust.

Mój podbródek nadal znajdował się w jego palcach.

Mój wzrok był skupiony na jego.

Oboje wydaliśmy ciche dźwięki przyjemności.

A moja cipka nie przestała się napinać.

W pewnym momencie ręka mu się opadła.

Pociągnął mnie za podbródek, żeby mnie poprawić, a ja upadłam do przodu.

Odzyskałem równowagę, kładąc dłonie na jej udach.

Tuż obok jego pachwiny.

W rezultacie jęknęłam i mocniej zassałam jego palec.

Jego jedyną reakcją był syk zaskoczenia, gdy w dalszym ciągu wsuwał i wyjmował kciuk z moich ust.

Potem jęknął, gdy moje dłonie zacisnęły twarde mięśnie pod jego ubraniem.

Chwilę później uwolnił się i wstał.

Robert ponownie sięgnął do swoich bokserek, a następnie szybko puścił swojego kutasa ostrym wydechem.

Korona, czerwona i podekscytowana, znajdowała się zaledwie kilka centymetrów od moich ust.

Końcówka błyszczała pojedynczą perłową kroplą pośrodku.

W oczekiwaniu mój język wysunął się z ust.

"Pospiesz się."

Jego szorstka akceptacja sprawiła, że jęknęłam i ponownie oblizałam wargi.

– Chodź, suko.

Jego ciało zachwiało się lekko, gdy moje palce zastąpiły jego i owinęły się wokół aksamitnej tekstury jego twardego członka, utrzymując go nieruchomo.

Jęknął głośno w chwili, gdy zbliżyłem czubek języka do oka jego kutasa.

W stronę tej perły.

Liżę go i zabieram z powrotem do ust.

Delektując się słonością swojej precum.

To on teraz się trząsł, ponownie opierając się o krawędź mojego biurka, szukając wsparcia.

Gniew narastający w moich żyłach, wypuściłem kolejnego lizaka.

Płasko mojego języka, tym razem, na powierzchni jego elastycznej głowy.

Kolejne przekleństwo z jego strony dodało mi otuchy.

Moje trzecie lizanie było odważniejsze i wirowało wokół korony.

Szybkie spojrzenie na jego wyciągniętą szyję i zamknięte oczy pokazało, że mam go tam, gdzie chciałem ... na mojej łasce, choćby na kilka minut.

Zamykając usta wokół jego korony przy następnym lizaniu, ssałem, delikatnie ściskając dłoń wokół jego dużego kutasa.

„Kurwa, dziwko, skąd wiesz, jak ssać!"

Spodziewałam się jego pchnięcia i cofnęłam się, a jego kutas uwolnił się z cichym trzaskiem.

Po wzięciu głębokiego wdechu, znów miałem go w ustach.

Teraz głębiej.

Ssanie podczas głaskania.

Jęknęłam, gdy położył dłoń na mojej głowie i delikatnie przeczesał palcami moje włosy.

Przesuwając krzesło do przodu, rozkoszowałam się kontrastującym, twardym i miękkim uczuciem, gdy przesuwał się po moim języku.

Miękka faktura jej ubrania, gdy wolną ręką przesuwałem ją w górę i w dół po jej nodze... dookoła, żeby pieścić jej tyłek.

Zapach męskiego piżma na jego skórze za każdym razem, gdy mój nos zbliżał się do jego podstawy.

Ale podobnie jak w przypadku jego pocałunku, odsunął się, zanim byłam gotowa przestać.

Zostawiając mnie jęczącego.

Następnie ponownie postawił mnie na nogi, tak że zachwiałam się na piętach.

– Erika – warknął, oblizując wargi.

Szukam moich oczu.

Trzymając mnie za prawe ramię, jego wolna ręka przesunęła się na moje plecy i zsunęła się w dół, pieszcząc mój tyłek.

Na mój jęk chwycił moją dolną wargę zębami.

A potem zaczął delikatnie ssać, gdy przycisnęłam swoje ciało do jego, trzymając się jego ramion.

„Robercie!" Sapnęłam, gdy nagle podniósł mnie za biodra i posadził na biurku.

Podniósł moją ołówkową spódnicę i rozłożył moje nogi, wchodząc między nie.

Jego kutas spoczął pomiędzy nami, a ja poczułam wilgoć jego spermy moczącą moją koszulę.

Jedną ręką gładził moją prawą nogę przez sięgające ud pończochy, ujął tył mojej głowy i pocałował mnie.

Bardzo trudny.

Oczy zamknięte, w końcu zatonęłam w jego uścisku, moje dłonie błądziły po nim.

Dotykanie jego ramion.

Poczuł, jak jego mięśnie napinają się i rozluźniają.

Ciepło promieniujące przez jego koszulę.

Potem znalazł się na karku.

Jego włosy łaskotały moje palce, a jego język penetrował moje usta.

Jeden z moich butów spadł z trzaskiem, gdy próbowałam owinąć nogę wokół jego.

On także był w ruchu.

Chwytam się za drugie kolano, które ociera się o jego biodro.

Delikatnie ściska moją szyję, przez co wyginam się i jęczę.

Następnie pogładził bok mojej piersi, po czym wziął ją w dłoń i ścisnął mocniej.

Jego kciuk pieścił mój sutek przez bluzkę i stanik.

W brzuchu czułam pulsowanie jego penisa.

Twardo i gorąco.

Wciąż trzymając lewą ręką tył jego szyi, wsunęłam prawą między nas i owinęłam swędzące palce wokół jego penisa tuż pod czubkiem głowy.

Następnie przesuwałem opuszkiem kciuka tam i z powrotem po czubku, rozprowadzając tam rzadki płyn.

Więcej naśmiewania się ze szczeliny.

Robert ponownie przygryzł moją dolną wargę, wciągając ją do ust i zasysając.

Przekręcił go językiem.

Następnie ponownie pokrył moje usta swoimi.

Zapraszając mój język do tańca.

Im częściej mnie całował, tym bardziej warczał.

Im częściej mnie całował, tym bardziej falowałam przeciwko niemu.

Pot zebrał mi się na karku pod palcami.

Poczułem to także między łopatkami.

Po raz kolejny odsunął się, ale tylko w nasze usta.

Oparł swoje czoło o moje, jego oddech był gorący na mojej twarzy.

Kontynuowałem zabawę jego kutasem, trzymając teraz lewą rękę za sobą.

„Jesteś... zabawną... dziwką" – wydyszał, cofając się i całując mnie delikatnie.

Kiedy wsunął rękę pod moją spódnicę na udo, puściłam i musiałam położyć drugą rękę za sobą, żeby się podeprzeć.

Potem to ja przygryzłem jej dolną wargę, ponieważ jej palce przesuwały się dalej do wewnątrz.

"Gówno!" Całe moje ciało się trzęsło, gdy jego kłykcie ocierały się o moją cipkę pokrytą majtkami.

– Jesteś wrażliwy – zaśmiał się.

Musnął ustami kącik moich ust i uderzył mnie knykciami jeszcze trzy razy.

Z każdym ciosem naciskał mocniej.

– Mhm. Erika?

– Ech, co? Zamrugałem i próbowałem przełknąć.

– Jesteś taka mokra, droga dziwko.

Ramiona mi się opadły i z jękiem opadłam z powrotem na biurko.

Poczułam palec pieszczący zewnętrzną część mojej pochwy pod majtkami, a moje oczy się cofnęły.

Szczęka mi opadła, a głos uwiązł mi w gardle.

– Jesteś taki bogaty – mruknął.

Peryferyjnym widzeniem widziałem, jak Robert zniknął.

Sekundę później coś mokrego spłynęło po mojej cipce.

W końcu krzyknęłam, zdając sobie sprawę, że to jego język.

Potem gruchał.

Wyginam plecy.

Kręcę biodrami.

Uderzam dłońmi w papiery rozrzucone pode mną.

Na dole zdjął mi majtki i zaatakował mnie arsenałem warg, zębów i języka.

Ale nigdy nic przenikliwego.

A jednak właśnie o to moje ciało cicho błagało.

Cokolwiek...

Cóż, nie byle co.

Pragnęłam jego kutasa, ale na razie zadowoliłabym się palcem lub dwoma.

Jednak nie potrafił czytać w moich myślach.

I niestety nie mogłem znaleźć słów, żeby powiedzieć mu to bezpośrednio.

Mój drugi but upadł na podłogę, gdy chwycił mnie za kostkę i uniósł do góry .

Skrzywiłam się jeszcze bardziej, czując, jak uderza i krąży po mojej łechtaczce czymś, co prawdopodobnie było jego kciukiem.

I właściwie pisnęłam, kiedy powoli lizał moją cipkę w górę i w dół.

Przez chwilę drażnię mój napięty, wrażliwy kolczyk w tyłku, po czym zaczynam od nowa.

Wymamrotałem ciąg przekleństw przeplatanych westchnieniami.

Jęknął i puścił moją nogę po przełożeniu jej przez ramię.

Sekundę później poczułam, jak para jego palców przesuwa się po tej samej ścieżce, którą przebył jego język, zanim wcisnął się we mnie.

„Robercie!”

Moje dłonie zacisnęły się po bokach, a całe ciało wiło się na biurku.

Uwięziony pomiędzy próbą odsunięcia się od jego dotyku a próbą podążania za jego ręką, gdy zaczął się odsuwać, by ponownie pchnąć.

Kilka rzeczy zabrzęczało, spadając przy tym z biurka.

Jego głęboki, czuły śmiech powiedział mi, że uzyskałem pożądaną reakcję.

Kontynuował w tym samym tempie, drażniąc i przekręcając moje pragnienia.

Za każdym razem, gdy moja noga zaczynała się ślizgać, łapał tył mojego kolana w zgięciu łokcia i kładł je z powrotem na ramieniu.

Dotarcie na miejsce nie zajęło mi dużo czasu, dysząc i przeklinając jego imię.

Kręcę głową w przód i w tył po biurku.

Zaciska i puszcza teraz dłoń na jego włosach.

Druga w roztargnieniu masowała moją pierś przez bluzkę, jak to robiła, gdy była sama.

Kilka minut później mój umysł nadal był niejasny.

Oddychanie było udręką.

Byłam świadoma, że opuszcza stopę, ale nie mogłam złączyć nóg, ponieważ wciąż stał pomiędzy moimi udami.

Poruszał się z boku na bok przez kilka sekund, zanim jego palce dotknęły moich wrażliwych dolnych warg, wywołując u mnie dreszcze.

Następnie ponownie przeszedł na emeryturę.

Chwilę później uniósł moją głowę bezpośrednio poniżej ucha, kciukiem muskając wzniesienie mojej kości policzkowej.

Do mojego nosa dotarł słodki aromat moich znajomych soków.

„Eryka?"

Wymamrotałem coś... Otworzyłem na chwilę oczy i zobaczyłem jego twarz znajdującą się przed moją.

Czy zacisnął szczękę?

"Chcesz więcej?"

Tym razem mrugnęłam.

Oblizał moje usta.

Próbowałem coś powiedzieć, ale w końcu pokiwałem głową.

Wydał z siebie cichy pomruk.

"Powiedz to."

Moja cipka zacisnęła się, a wzrok na chwilę się skupił.

Mój głos był szorstki, kiedy mówiłem.

– Tak. Pieprz mnie, Robercie.

Jego własne oczy zdawały się błyszczeć.

Wziął głęboki oddech i skinął mi krótkim głową.

Trzymając rękę na moim policzku, poczułam, jak lewą ręką ponownie odsunął moje majtki, zanim jego kutas dotknął mojej cipki.

Wyciśnięty do przodu.

Włożył to we mnie.

Jęknęliśmy w tandemie, gdy wśliznął się do środka.

Powoli rozciągam mnie centymetr po centymetrze.

A potem jego pachwina oparła się o moją.

Szybko pchnął biodrami, wchodząc trochę głębiej, powodując, że moja szyja wygięła się do tyłu, a ręce wystrzeliły w górę, by chwycić jego ramiona.

Mruknęłam, gdy się odsunął i ponownie pchnął do przodu.

Trochę przyspieszył.

Ustalanie swojego rytmu.

Mój nieregularny oddech stał się bardziej napięty.

Nie mogłam przestać oblizywać ust.

Tak blisko.

był tak cholernie blisko .

Jego lewe przedramię spoczywało na mnie, a jego palce muskały moje włosy.

Odwróciłam głowę w stronę jego dotyku i zamknęłam oczy.

Jęknął, gdy jego druga ręka chwyciła i pieściła moją klatkę piersiową lub biodro przez ubranie.

„Spuść się dla mnie”.

Przyłożył usta do mojego czoła i chwycił moje kolano, ponownie przyciągając je do biodra.

Na jego słowa moje plecy wygięły się w spazmie.

Szczęka mi opadła , słysząc sposób, w jaki celowo mnie pieścił, zarówno wewnątrz, jak i na zewnątrz.

Ciągle popychał mnie z tego urwiska.

Zerkając.

A potem udusiłam jego imię, sztywniejąc, zanim moje ciało skręciło w prawo, a potem w lewo.

Mamrocząc słowa, których nigdy wcześniej nie wypowiadał... prawdopodobnie nawet nie wiedział, co one oznaczają.

Do diabła, to prawdopodobnie nie były nawet prawdziwe słowa.

„Boże, jesteś taka piękna, Erika".

Dyszanie Roberta stało się jeszcze cięższe.

Dźwięki, które wydawał, były odurzające.

Trzymali mnie wijącą się pod nim.

Myślę, że przyszedłem drugi raz, a może trzeci?

Zanim poczujesz, że jest napięty.

Pchnął mocniej.

A potem warknął moje imię, po czym rzucił swoje ciało na moje.

Ciepło jego ciała przenikało przez warstwy naszego mokrego od potu ubrania.

Jego serce biło tak samo szybko, jak moje przy piersi.

A może to, co czułem, było moje.

Następnie jego dłoń delikatnie dotknęła moich włosów, a kciukiem w roztargnieniu głaskał moje czoło.

Na przemian połykałam powietrze i oblizywałam usta.

Przesuwałam dłonią w górę i w dół po jego lewym ramieniu, które wcisnął mi w bok po uwolnieniu, kiedy już doszłam do siebie na tyle, by pamiętać, kim jesteśmy... gdzie byliśmy.

Wstrząs wtórny wstrząsnął dolną częścią pleców, powodując drżenie kończyn.

Moja cipka zacisnęła się, a jego kutas drgnął we mnie.

Oboje jęknęliśmy.

Oderwał się ode mnie i pocałował mnie delikatnie, po czym całkowicie wstał.

Przygryzłam wargę, walcząc z kolejnym spazmem podczas jego całkowitego odwrotu, ciesząc się, że nadal mam pod sobą biurko, które zapewnia mi wsparcie.

Zahipnotyzowany spojrzałem na mężczyznę, którego miałem na radarze od pierwszego dnia.

Przyszło mi do głowy, że myślał o tym wszystkim, odkąd przyszedł przygotowany, a ja patrzyłam, jak zdejmuje zużytą prezerwatywę, zawija ją w kilka chusteczek i wrzuca paczkę do mojego kosza na śmieci.

Stał przede mną, odkładając kutasa i poprawiając spodnie.

Spodziewała się, że skończy poprawiać ubranie, może przeczesuje dłonią lekko zmierzwione włosy.

Ale byłam zaskoczona, kiedy uśmiechnął się do mnie i położył mi rękę na ramieniu, pomagając mi się ustawić.

Wstawać.

Ujął moją twarz w obie dłonie i pocałował mnie delikatnie.

Potem cofnął się i przechylił głowę, bawiąc się moimi włosami.

Poprawił moją koszulę na ramionach i przesunął dłońmi z przodu nad moimi piersiami.

Wygładził moją spódnicę, trzymając drugą rękę na moim tyłku, przez co trzęsłam się i uśmiechałam jak głupia.

– Znów jesteś reprezentacyjny.

Jego głos był bardzo miękki.

A jego krzywy uśmiech i jasne oczy zdradzały, że prawdopodobnie nadal odczuwał brak adrenaliny.

Kiedy już byłam pewna, że trzymam równowagę, użył moich stóp, aby unieść moje pięty i skierować je we właściwym kierunku, abym mogła ponownie założyć buty.

W roztargnieniu przesunęłam dłońmi po swoim ciele, od piersi po tyłek, żeby upewnić się, że wszystko jest w porządku, tak jakby nie zrobił tego sam.

Następnie skierowałem wzrok na biurko i zmarszczyłem brwi.

Mój zbyt duży arkusz kalkulacyjny został zmięty.

Na ekranie komputera widniała mieszanina znaków, które wyglądały jak obcy język.

Brakowało też zszywacza i pojemnika na ołówki.

Przynajmniej byłam na tyle mądra, żeby zapisać raport, zanim mnie uwiódł.

Wyżej wymienione elementy nagle pojawiły się ponownie z dwiema dużymi męskimi rękami umieszczonymi w pobliżu mojego komputera.

To był dźwięk, który słyszał już wcześniej.

Niemal w zwolnionym tempie podniosłam głowę, sprawdzając, jak dobrze dopasowana kamizelka na niego pasuje, po czym napotkałam jego ciemne spojrzenie.

Przez dłuższą chwilę Robert i ja patrzyliśmy na siebie.

Kącik jego ust był nadal wygięty.

Zauważyłem, że mój puls wciąż przyspiesza.

Sięgnąłem na ślepo za siebie, znalazłem jeden z podłokietników i przesunąłem krzesło z powrotem na miejsce.

Dopiero gdy usiadłam i odwróciłam się, żeby wymazać bełkot wpisany na komputerze, przemówił.

– Co robisz, Eriko?

Kilka razy spoglądałem to na niego, to na monitor.

Przerwałeś mi, kończę raport. Termin przypada na wtorek rano i nie zabiorę go do domu w ten weekend.

Pociągnął za mankiety koszuli i końce kamizelki, po czym usiadł na tym samym krześle dla gości, co poprzednio i skrzyżował prawe kolano na lewym.

– Ej, co robisz, Robercie?

Poprawił węzeł swojego charakterystycznego krawata tak, aby znajdował się bliżej szyi, a następnie splótł dłonie na kolanach.

„Czekam, aż skończysz raport".

Uniosłam brwi.

"Aby?"

Robert posłał mi elegancki uśmiech.

„ Oczywiście, żeby zabrać ją na kolację, zanim będziemy kontynuować to w bardziej komfortowym miejscu do prześwietlenia tyłu. Jeśli pani pozwoli, pani Sanders".

Z przyspieszonym tętnem i drgnięciem w kąciku ust wróciłem do monitora.

„Bardzo dobrze, panie Gonzalez. Powinien pan tu skończyć za około pięć minut".

KONIEC